「アーサーさまっ、もうやだ、入れてっ……！」
「なぜだ？　慣らさないと後で辛くなるのはデリックだぞ？」
「指だけじゃやだ！　アーサーさまが欲しいんです!!」

Cocktail Kiss Label

転生悪役令息ですが、王太子殿下からの溺愛ルートに入りました

清白　妙

Tae Suzushiro

この物語はフィクションであり、実在の人物・団体・事件等とは、いっさい関係ありません。

Contents

イラスト・明神　翼

転生悪役令息ですが、
王太子殿下からの溺愛ルートに入りました

◇プロローグ

自宅に帰り着いたのは、とっくに日付を跨いだ後だった。

「今日も結局、午前様だったな……」

俺の呟《つぶや》きが、シンと静まりかえった部屋に響く。

ここのところ帰宅はいつも終電で、下手をすればタクシーを利用することもある。悲しき社畜人生よ。

実のところ、俺に与えられた仕事をこなすだけなら、日付が変わる前に帰宅できる。それが残業続きの毎日なのは、仕事でミスをした後輩のサポートをしてしまったせいだ。

彼は今年の四月に入社したばかり。取引先から大クレームが来るほどの失態を犯してしまい、社内が上を下への大騒ぎになった。

入社半年に満たない新人に、大型案件を任せるなと思ったりもするが、それをやるのがブラック企業である我が社。上司はもちろん社長からも叱責を受け、今にも倒れそうな顔をしている後輩を見て、俺はつい過去の自分を思い出してしまい……。

俺だってこれまで何度も失敗をしてきた。彼の気持ちは痛いほどよくわかる。落ち込む後輩を見捨てることができなかった俺は、気づいたらサポートを申し出ていたというわけだ。

こういうところがお人好しと評される所以《ゆえん》だろうな……と頭の片隅で思ったりもしたが、生まれ持った性分なのだから仕方ない。これが俺という人間なのだ。

やると言ったからには手を抜くこともできず、後輩と共に奔走する日々が続いたのだが、ミスをした当の本人が突然会社に来なくなり、そのまま退職。

この件を処理するのが、俺一人になってしまったのだ。

正直、俺も辞めたかった……しかし骨の随まで染み込んだ社畜精神と、無駄に突出した責任感が邪魔をして、辞めることができないまま今に至る。

思えばこの一ヶ月半は地獄のような日々だった。始発出勤、終電退勤は当たり前。土日も当然のように仕事が入っていて、休日ナニソレ美味しいの状態。

同僚たちは誰一人として俺を手伝ってはくれず、上司や取引先から叱責され続け、米つきバッタのようにペコペコ頭を下げ続ける毎日に、心身は疲労困憊《ひろうこんぱい》、寝不足でダルさが常につきまとう。胃がギリギリと痛んで食欲は減衰、ゼリー飲料とドリンク剤で栄養補給しながら、なんとか踏ん張っている状態だ。

そんな俺にもたった一つの楽しみがあった。これがあるからこそ、辛い毎日も乗り越えてこられたのだ。

スーツからスエットに着替えるとさっそくＰＣを起動させて、王冠が描かれたゲームのアイコンをクリック。モニタに流れるオープニングムービーを眺めながら、カフェイン配合ドリンクのキャップを開ける。ややムーディーな音楽と共に、イケメンキャラのイラストがモニタに大きく映し出された。

「よしっ、明日は超久々の休みだからな。全スチル集めるまでは絶対に寝ないぞ！」

ドリンクを一気飲みして、気合いを入れる。

モニタ画面に映る豪華な王宮や庭園をバックに、件《くだん》のイケメンと愛らしい男の子たちのイラストが次々登場。最後に大きく表示された、『Ｌｏｖｅ Ｂａｔｔｌｅｒｏｙａｌ』というタイトル。

通称〝ラブバト〟。これこそ俺が今一番ハマりまくり、心の支えにしているゲームだ。

オープニングムービーは中盤に差しかかり、肌色成分極まりないシーンが次々と映し出されていく。

白い肌が赤く染まり、薄い胸の上を汗が流れる。攻略対象者に後ろの孔を穿《うが》たれて、快楽によがり狂うキャラクターたち。

そう……実はラブバトは、Ｒ指定のつくＢＬゲームなのだ。

俺は別に腐男子というわけではない。ただ、このゲームのキャラデザを担当した神絵師の大ファンということで、手に取ったのがプレイのキッカケだ。

正直、内容には全く期待していなかった。

だってＢＬだろ？　そういう趣味ないんだよな。

でも先生の神絵は是が非でも見てみたい。しょうがない、とりあえず一回はやってみるか……なんて、軽い気持ちで始めたのだが。

これが意外と、いやかなり面白かった。

いわゆる乙女系のストーリー展開を踏襲したBLゲームと思いきや、並み居るライバルを押しのけて唯一の攻略対象者である王太子のハートを掴み取り、未来の伴侶《はんりょ》を目指すというバトル・ロイヤルBLゲームなのだ。

説明書を読んだ時点では「結構、単純なゲームっぽいな」なんて思ったりもしたが、実際にプレイしてみると当初の所感は一気に吹き飛ぶこととなる。

まずこの手のゲームにしては、世界観や人物設定などがかなり細かく作り込まれていることに驚いた。

ゲームの舞台であるオルムステッド王国の地理や歴史など、さまざまなことがゲーム内にたびたび登場。こんな複雑な設定、わざわざ必要か？　と思ったりもしたが、設定の細かさは後に〝試験〟という名目のミニゲームで活用されることとなる。

試験は全て、王国の情報に関する内容。ストーリーの中でさりげなく語られるので、スキップ機能を使わずしっかり覚えていれば難なく答えられるのだが、ランダムに出題されるうえに問題数が多すぎて、正直全部は覚えきれない。

また、正解数がそのまま好感度アップに繋がっていくのだけれど、難易度はだんだん高くなるうえ、特に最後のほうは一問でも落とすと好感度が駄々下がり。トゥルーエンドに辿《たど》り着けないどころか、下手をすればバッドエンドまっしぐらという鬼仕様なのだ。

しかもそれだけではない。

ライバルを蹴散らして王太子のハートを射止めるため、積極的にアタックする必要があるのだが、始めは好感度が本気で上がらない。軽薄でチャラ男な王太子はビックリするくらい、なかなか心を開いてくれないのだ。そのため地道な育成作業を延々と続けるはめに。

SNSでは、育成作業に心が折れてプレイを断念したという書き込みも多く見かけたほど、ラブバトの育成と試験が厄介であることは間違いない。

だが根っからのゲーオタな俺には、むしろそれがよかった。難しければ難しいほど激しく燃え上がり、全スチルを集めるために幾度となくプレイを重ねても、全く苦にならずに済んでいる。ブラック企業で培《つちか》われた社畜精神と無駄に鍛《きた》えられた根性が、一役買っているとは思いたくない。

ようやく好感度が上がると、今度は色仕掛けと言わんばかりの展開が開始される。

初めはラッキースケベ程度。それがどんどん過激になっていき、ついには肌色成分たっぷりのスチルがババーンと登場する。

このスチルがまたエロい。普通にエロすぎて、腐属性のない俺のジュニアすら唸《うな》りを上げたほど。

さらに選択次第では、王太子の側近や侍従らを交えての乱交パーティーを行うという、けしからん事態に発展しながら、ゲームはエンディングに向かって突き進んでいく。

ラスト近くになるともはや、ラブバトがＢＬゲームであることも忘れ、夢中になってプレイする始末。しかも、なんとお気に入りキャラまでできてしまったのだ。

その名はジュリアン・ボーモント。

小柄でほっそりとした、庇護欲《ひごよく》そそられる系の見た目をした儚《はかな》げ男子である。

腐属性など微塵《みじん》もない俺が、まさか男性キャラにハマりまくる日が来ようとは……。

だけど仕方ない。ジュリアンは、俺をいとも簡単に腐属性に変えてしまうほどの、魔性のキャラだったのだ。

何しろまず、顔がいい。

胸まである淡い金髪のウェービーヘア。白磁のような肌に映える、サファイヤ色した美しい瞳。艶めいた唇はプルンと瑞々《みずみず》しく、まるで果実のよう。

王太子より二歳年上でありながら、大きくて少し垂れた目が、彼を実年齢より幼く見せている。そのくせ左目尻の下にある泣きぼくろのおかげで妙な色気が醸《かも》し出されていて、そのアンバランスさが最高に堪らない。

全身から漂う色気が画面越しに伝わってくるほどの、艶《なまめ》かしい美形キャラ。さすが神絵師、本当に尊い。

そんな白皙《はくせき》の美青年ジュリアンの役どころは、まさかの悪党。非道なことを繰り返しながら、何度も主人公の邪魔をする悪役令息、それがジュリアンなのだ。

プレイヤーの分身である主人公や、ほかの婚約者候補たちに対する嫌がらせは、もはやデフォルト。常に冷たい表情でツンケンした態度を取り、インク壺を投げつけて服を台無しにするわ、持ち物をめちゃくちゃに破壊するわ、もうやりたい放題。

彼のこうした行動は全て、愛しい王太子を射止めて伴侶の座に上り詰めるため。だから彼は、どんな悪事だって平気で行ってしまうのだ。

もちろんジュリアンにも、どぎついエロシーンが用意されている。

城内で迷子になった主人公――デフォルト名はリオンというのだが、庭園で何やらしている二人の姿を目撃するシーンがあるのだ。何やらとはずばり口淫で、二人というのが王太子とジュリアンなのだが。

ベンチに腰掛けた王太子の前に跪《ひざまず》き、小さな頭を激しく振りながら股間にむしゃぶりつくジュリアン。

リオンがいることに気づいたものの、しかしそれを気にする様子もなく、ジュリアンは一心不乱に王太子の官能を高ぶらせていく。

飲み込めなかった唾液が口の端から流れ落ちるのを気にする様子もなく、苦しげに眉を寄せながら、サファイヤの瞳を涙で潤ませるジュリアンのスチルは、神々しいほどに輝いていた。

そして最後は王太子が吐き出した白濁を、顔中にかけられてフィニッシュ。

さらにはリオンより一歩リードすべく、王太子や彼の側近たちとの乱交にも及ぶのだ。

絶倫な男たちと繰り広げる淫らな宴のせいで、艶めく髪も白い柔肌も精液にまみれてドロドロ。

こんなスチルを余すところなく見せられて、興奮するなというほうがおかしいだろう。俺の中で新しい扉が開いてしまったことは言うまでもない。

とにもかくにも、エロいことをするジュリアンの表情と痴態が最高すぎて、マジでだいぶヤバかった。さすがは絵師さま。俺の神。

けれどプレイを進めるうちに、本当のところジュリアンはエロいことをしたくないのでは……という疑念が生じ始めた。

だって王太子に抱かれるジュリアンは、美しい顔をずっと苦痛で歪《ゆが》ませて、涙を止めどなく溢れさせているのだ。これは決して、淫蕩に耽《ふけ》って楽しんでいる者の顔ではない。

考えてみれば、たしかにそうか。小さな尻孔に大きなイチモツを入れるのだ。その苦痛はいかばかりか。しかも王太子に気に入られるために、ハードなプレイもどんどん受け入れている。気持ちよさよりも苦痛のほうが勝るんだろう。

それでもジュリアンは、爛《ただ》れた行為をやめようとはしなかった。

なぜならその現場を、いつもリオンが目撃していたから。

王太子と深い仲になった自分をリオンに見せつけて、ジュリアンは悦に入ったのである。

これがリオンを追い落とす一手になると信じて。

愛しい男の心が離れるなんて、微塵も思わないままに。

けれども王太子の心はリオンに向いていく。好感度がある一定まで達し、二人の仲が急速に近づく直前、王太子はリオンに向かってこんなセリフを口にする。

『ほかの候補者たちは、俺の言うことを唯々諾々《いいだくだく》と受け入れるのに、お前は違うのだな』

ジュリアンらとは違い、時に反発し、時に激しく拒絶するリオン。臆さずに自分の意見を素直に述べる彼の存在は、王太子にとってさぞ物珍しかったのだろう。

周囲にイエスマンしかいない王太子の前に初めて現れた、一筋縄ではいかない相手。

王太子の心はリオンに向かって加速度的に近づいていく。

『お前のような男は初めてだ』

破顔する王太子。溺愛《できあい》モードの始まりである。

しかしそれは、ほかの婚約者候補たちの心に、恐怖を植えつける結果となった。

次に脱落するのは自分なのでは——という恐怖を。

ジュリアンに至っては、王太子への一途《いちず》な愛をいっそう拗《こじ》らせる結果となり、行動も次第にエスカレートしていく。

嫉妬《しっと》に狂ったジュリアンは、小動物の死骸をリオンの部屋の前に置くなど、残酷な行動を取るようになるのだ。

嫌がらせに怯《おび》えるリオンを慰める王太子。ジュリアンの行動により、二人の心はよりいっそう離れられないものへと変わっていく。

プレイヤー的にはハピエンまっしぐらの良展開。

けれどジュリアンにとっては、まるで坂を転げ落ちるような勢いで事態は悪い方向へと進んでいき、最終的には断罪されてしまう。

ラスト直前。断罪されたジュリアンは、両の目から滂沱《ぼうだ》の涙を流して魂の叫びを上げる。

『なぜ!?　ボクはあなたを愛しただけなのに！』

『俺が愛するのはリオンだけ。なのにお前は俺たちの仲を引き裂こうとして、リオンを害そうとしたではないか』

『ボクのことを、愛してくれていたのではないんですか？』

『好感を抱いていた時期もあった。だが、あのように残虐なことを平気で行える人間を、受け入れられるわけがない』

『……っ!!』

『自らの手で全てを壊したお前が悪い。今すぐ失せろ、痴《し》れ者《もの》が』

ジュリアンに冷たく言い放ちながら、リオンの肩を抱く王太子。

『いやあああぁぁぁぁあっ!!』

両脇を兵士に抱えられたジュリアンは、王太子の名を叫び続けながら退場するのである。

あああああっ、なんて可哀想なジュリアン！

この無情な展開に、すでにジュリアン推しとなっていた俺は、激しく憤りながら号泣してしまった。

男と見れば片っ端から抱きまくる、最低最悪な下半身無節操エロ王子を愛してしまったばかりに、こんな悲しい目に遭わされるなんて……シナリオライターは一体何を考えているんだ！

悲劇の令息ジュリアンの末路を心から嘆き悲しんだ俺だったが、神はそんな俺とジュリアンを見捨てなかった。

ジュリアンが幸せそうに微笑んでいる、素敵スチルが一枚だけあるらしいという噂を、ネットで見かけたのだ。

どういう展開かはわからないが、真のジュリアン推しならば見るべきだろう。いや、絶対に見なければならない！

そう決意した俺は、少ない睡眠時間を削ってまで、ラブバトをプレイしているというわけだ。

ただでさえストレスと過労で体はボロボロ。これ以上己《おのれ》に鞭打つような真似《まね》はやめるべきだ、少しでも眠ったほうがいい……とわかってはいるものの、ジュリアンのために明け方近くまでラブバトをプレイする日々が続いていた。

だが何をやっても、目当てのスチルは出てくれない。焦りと苛立ちが次第に募《つの》っていく。

しかし！　俺はようやく！　最後の一枚を出す方法を！　ネットで発見したのだ!!

あああ、くじけなくてよかった。デマじゃなくてよかった。今さら「本当はそんなスチル存在しませーん」とか言われても、泣くに泣けない。

件のスチルを見る方法とは、まずは王太子の好感度を決して上げることなく、ある一定のルートでゲームを進めていく。そのうえで試験に全問正解すること。

たったそれだけ。

これまでは全スチル集めのため、好感度を上げる作業ばかりやっていたから、ジュリアンの不幸しか見られなかったというわけか。

OK。じゃあネットの情報を試してみようじゃないかと、鼻息荒くプレイした俺だったが、これが地獄への入り口だと、思ってもみなかったわけで……。

なぜなら断罪直前に行われる最終試験の難易度は半端なく、スチル集めのために何度もプレイし続けた俺ですら全問正解したことは一度もない。

そこで俺は、ゲーム内に出てきた情報を片っ端からノートに書き写しながら、試験に挑むことにした。

作業を続けること数日。貴重な睡眠時間を削り、時に激しい眠気に耐えながら、ジュリアンの幸せそうな微笑みを見るために、俺は必死で頑張った。

そして今日。ようやく辿り着いた最終試験。これをクリアすれば最後のスチルがゲットできる。

だが間違えればまたリセットだ。何日も行った同じ作業。もうこれ以上は繰り返したくない。そろそろ限界を感じていた俺は、どうしても今日決めてしまいたかった。

いつも以上の慎重さをもって、答えを選んでいく。

一問答えるごとに心臓がドキドキと高鳴って、緊張のためか手の震えが止まらない。しかも画面を凝視しすぎたせいか、視界がチラついて見えるような。

そしてついに最終問題。大きく震える指で、答えを選ぶ。

ピンポーンピンポーン！

甲高い電子音が鳴り、画面に表示された『クリア』の文字。

「やった!!」

思わず大声を出してしまい、慌てて口を塞ぐ。もうすぐ明け方だが、寝ている人がほとんどのはず。あまり騒いで近所迷惑になったらまずい。

それでも喜びを抑えきれず、拳を握りしめて何度も天に突き上げた。

ネット情報によると、俺がまだ見ていないスチルは、試験終了直後に登場するらしい。ジュリアンの意外な姿が見られるらしいのだが、ネタバレになるとのことで詳細を載せている人はいなかった。

Ｎｏｗ Ｌｏａｄｉｎｇの画面を、ワクワクしながら見つめ続ける。読み込みがこんなに遅く感じられたことはない。早く終われーと心の中で叫んだそのとき。

心臓が、ひときわ大きく、ドクンと鳴った。

「えっ――」

激しい目眩《めまい》。キーンと耳鳴りがして、顔から血の気がザッと引いていく。体中の力が抜けて、
俺はその場に倒れてしまった。バクバクとやかましい音を立てていた心臓が、ギューッと激しい痛みを伴い始める。

――もしかして、これってヤバい？

突然の異変に焦りを感じる。

ビクンビクンと激しく痙攣《けいれん》する体。次第に目の前が真っ暗になっていく。焦る俺の耳に、突然ムーディーなメロディが聞こえてきた。読み込みが終わったのだ。

――スチル……最後の一枚……見ないといけないのに……。

けれど指先一本動かすことができず、ついには呼吸すらままならない状況に陥《おちい》った。

――頼む、俺の体……動いて……ジュリアンの、スチル……。

そんな思いも虚《むな》しく、真っ暗な闇に飲まれるように、俺は意識を失ったのだった。

＊＊＊＊＊

――という記憶が一気に蘇《よみがえ》ってきたのは、父の口から出た彼の名前を聞いた瞬間だった。

「そういうわけで、アーサー殿下の………んっ？　デリック、どうしたんだい？」

一家団欒《だんらん》のティータイム。甲斐甲斐しく弟のお世話をしている最中、突然ピタリと動きを止めた僕に、両親の視線が集まった。

アーサー・オルムステッド。

オルムステッド王国の王太子であり、ラブバトの攻略対象者。

ジュリアン・ボーモントを断罪して、酷《ひど》い目に遭わせる張本人……。

そんな情報が、頭の中に一気に流れ込んできた。

「にーちゃ？」

天使のように愛くるしい子どもが、心配そうに僕を覗《のぞ》き込む。淡い金髪のクルクル巻き毛が、動きに合わせてフワリと揺れた。

とある人物の面影を充分に宿すその顔に、僕はヒュッと息を呑んだ。

雪のように真っ白な肌と、薄紅に染まるぽちゃっと膨らんだ頬。プルンと瑞々しい小さな唇と、少し垂れた大きな目。そして左目尻の下にある泣きぼくろ。

もしかして、この子は。

「ジュリアン……ボーモント……？」

「はいっ！」

僕が名を呟くと、天使はピッと手を上げて元気に返事をした。

——あぁ、間違いない。この子は……僕の弟のジュリアンは、ラブバトに出てきた悪役令息のジュリアン・ボーモントだ！

ということは、ここはラブバトの世界？　じゃあ〝俺〟は、あのとき死んだってわけ？　たしかにあの苦しみは尋常じゃなかったから、あのまま事切れたとしても不思議じゃない。それで死んじゃった後、〝僕〟として転生したってこと？

何そのラノベ展開。異世界が舞台のファンタジー作品ではよく見るテンプレだけど、こんなことが本当に自分の身に起きるだなんて……。

理解しがたい出来事に、言葉を失う。

だけどこれは紛れもない現実であり、僕がジュリアンの兄であることは、れっきとした事実。

デリック・ボーモント、四歳。

ボーモント男爵家の嫡男であり、ジュリアン・ボーモントの兄。それが今の僕なのだ。

「にーちゃぁ……」

突然のことに混乱し、一言も発しない僕を心配したらしいジュリアンの、サファイヤ色した美しい瞳がうるうると潤み出す。

齢《よわい》二歳だというにもかかわらず、この色気。さすがは美貌の悪役令息に成長するだけのことはある……と、妙に納得する自分がいた。

天使のような見た目と同じくらい、中身もキュートなジュリアン。僕も綺麗な顔をしているとよく言われるけれど、ジュリアンの足下にも及ばない。

彼は生まれた瞬間から家族全員を虜《とりこ》にし、特に僕はこの二つ年下の弟を舐めるほどに溺愛している。

だけどマイスイートエンジェル・ジュリアンは、変わってしまうのだ。

ラブバトの攻略対象者であるアーサーに、本気の恋をしたことによって。

それがゲームの設定である以上、そうなることが正しい展開なのだと言われれば、それまでなんだけれど……でも僕にとっては到底納得できる話ではない。

だってジュリアンが非道な行いを平気でやってのけたのは、全てアーサーの愛を一身に受けたいがため。そのせいで彼はラブバトの悪役令息となったのだから。

要するに悪いのはアーサーなのだ。間違いない。

結婚相手として選ぶ気がないのなら、最初から気を持たせるようなことはせずに、候補者から外してしまえばよかったのに。それをしなかったせいで、躍起《やっき》になったジュリアンは破滅の道を辿ったんじゃないか！

ちなみにその後ジュリアンがどうなったのか、ゲーム内では一切語られていない。だけど少し頭を働かせれば、その後のことは容易に想像がつく。

王太子に断罪された挙げ句、城を追われるのだ。まともな貴族であれば、外聞を考えて放逐することだろう。王家に嫌われた者を受け入れれば、その後どんな災禍が降りかかるかわからないし、貴族社会で村八分にされることは必至だ。

つまりジュリアンは、平民に落とされた可能性が高いというわけで……。

それまで王子の婚約者候補として蝶よ花よで過ごしてきた子が、いきなり平民になったところで、生活はきっと成り立たないだろう。あっという間に行き倒れることは目に見えている。

僕のジュリアンが……地上に降り立った天使が、まさかの行き倒れ？

アーサーめ、薄汚い欲望を散々ぶつけておいて、責任の一つも取らずにポイ捨てするなんて。そんなの絶対に許されることじゃない！

怒りがどんどん湧き上がってくる。もはや前世だとか転生なんて非常事態すら、些末《さまつ》なことに感じられてしまうほど、僕は怒り狂った。

「デリック。どうしたの？　気分でも悪い？」

ジュリアンを見つめたまま、微動だにしない僕に、母が心配そうに声をかけてきた。

気分が悪いかだって？　それはもう最悪だ。ジュリアンの末路を想像し、戦慄していたのだから。

いいや、これは不幸中の幸いか。

前世の記憶を思い出した僕は、ジュリアンが婚約者候補になるのを阻止することが可能。ジュリアンは穢れない天使のまま、幸せになるべきなのだ。

今ならばまだ間に合う。僕の行動一つで、未来は変えられるはず。

僕のかわいいジュリアンを、不幸な目になど遭わせて堪るかっ!!

「お母さま。アーサー殿下のお話って、もしかして婚約者のことですか？」

「あら、聞こえていたのね。そうなの。それでジュリアンを候補者にしようって、お父さまが」

「断ってください！　ジュリアンがいなくなるなんて、僕は絶対に嫌ですっ！」

「デリックは本当にジュリアンが好きなのね。でも駄目なのよ。男の子が二人以上いる家は、婚約者候補を必ず出すようにと、王家から言われているの」

王家の命令は絶対だ。従わなければこんな田舎の弱小男爵家なんて、すぐにお取り潰しに遭ってしまう。

だったら。

「じゃあ、婚約者を僕に代えてくださいっ!!」

「えっ」

ラブバトの内容を熟知していて、さらにはアーサーに対する恋心を全く持ち合わせないどころか、むしろ大大大嫌いな僕が候補者になれば、ジュリアンが悲惨な目に遭うことはない。悪夢の断罪は回避できる！

「お父さま！　お願いですから……って、あれ？　お父さまは？」

さっきまでソファに座っていたはずの父がいない。なんだか嫌な予感がした。

「執務室に行かれたわよ。すぐにお返事をしなければって……ちょっとデリック？　どこへ行くの！」

僕は弾かれたようにソファから飛び下りると、矢のような速さで父の書斎へ向かった。

「にいちゃぁあっ！」

背後からジュリアンが僕を呼ぶ声が聞こえたけれど、今はそれどころじゃない。

「お父さまっ!!」

ドアをバァンと勢いよく開けた僕に、父は目を丸くした。

「どうしたんだ、デリック」

「アーサー殿下の婚約者候補を、ジュリアンから僕に代えてください。どうしても僕がなりたいんです。これからはピーマンもセロリも残さず食べるいい子になりますから、お願いしますっ！」

土下座の勢いで頼み込んだ僕に、父は一瞬たじろいだ様子を見せながらも「駄目だ」と言った。

「なんで！　候補者なんて誰がなったっていいでしょう!?」

「それがな、ジュリアンを婚約者候補に出すって、ついさっき返事を出してしまったんだよ」

「えええっ!?」

僕が前世の記憶を反芻《はんすう》している最中に、父はメッセンジャーに返事を持たせて、さきほど送り出したばかりだという。

慌てて窓の外を見ると、馬に乗って去っていくメッセンジャーの姿が。

「待ってぇぇぇ!!」

僕の叫びも虚しく、その姿はどんどん小さくなっていった。

な、なんてこと……。

じゃあジュリアンはもう、破滅の歯車に組み込まれてしまったというの？

もう手遅れだっていうの!?

いいや、そんなことはない。今ならまだ間に合うはずだ。

「僕、メッセンジャーを追いかけて、手紙を取り戻してきます！」

「諦めなさい。子どもの足で追いつけるわけがないだろう」

「そんなの、やってみなきゃわかりません。それにすぐ追いつけなくても、王宮に着くまでに手紙を取り返せれば」

「デリック、それは絶対にできない。お前たち兄弟はまだ、この領地から出てはいけないことになっているんだから」

「え、なんで？」

父の語るところによると、オルムステッド王国の貴族は基本、十歳になるまで領地から決して出ず、他家へのお披露目も行わないことになっているらしい。

「昔むかし王都を中心に、大変な病が流行したことがあってね」

感染力の高かったその病に大勢の人間が苦しみ、特に抵抗力と体力のない子どもが多く天に召されたらしい。

当主や跡取りを亡くした貴族も数知れず。没落の憂き目に遭う家も多く、病が流行して以降の数十年間は、国の屋台骨がガタガタになってしまったほど。

生き残った者たちが必死になったおかげで、なんとか国を建て直すことができたのだが、未知の病が再び蔓延《まんえん》する恐怖は拭《ぬぐ》い去れなかった。そのため子どもが十歳を迎えるまでは領地から出さず、他家との交流もなるべく控えて感染を未然に防ぐよう布令を出したのである。

「だからね、デリック。お前もジュリアンも、十歳になるまでは領地から離れられないのだよ」

「そんな……じゃあ、メッセンジャーを追いかけることは？」

「駿馬《しゅんめ》に乗っていったから、絶対に不可能だ」

父に素気《すげ》なくそう言われ、もう本当に諦めるしかなく——なんて考えると思ったら大間違いだ。

ジュリアンの一大事を前に、簡単に諦めるなんて絶対できない。

この状況で僕が唯一できること。それは。

「だったら僕がジュリアンになります！」

「は？」

「だって僕たちの顔は、領地の者以外は誰にも知られていないってことですよね。だったら僕がジュリアンですって言っても、お城の人は絶対信じます！」

しかも僕とジュリアンは、髪色が同じだからね。これだけでも入れ替わりを疑われる心配はかなり低いと思われる。

僕の瞳は残念ながら、アクアマリンのように明るい色だけれど、同じ青系統だから無問題。万が一、誰かにつっ込まれたとしても誤魔化せる。多分。

あとは僕が兄のデリックだと疑われないよう、細心の注意を払えばＯＫ。

なんて完璧な計画！

「婚約者候補には、僕がなりたいんですぅぅぅっ!!」

床に寝転んで足をバタバタさせ、激しく駄々を捏《こ》ねる。前世の記憶を取り戻したせいか、少しばかり気恥ずかしい。でも僕、四歳。子どもじみた我が儘も許される年齢だし、これで父を説得できるなら馬鹿な真似をすることも厭《いと》わない。

「デリック、落ち着きなさい」

落ち着いてなんかいられるものか。僕にはもうこれしか手がないんだから。かわいい弟のためならば、僕は悪役としての道を歩むこともやぶさかではない。

もちろん僕だって、破滅は怖い。

けれどこれから起こる未来を知っている僕は、ラブバトのジュリアンよりも上手く立ち回れるはず。そう悲観することはないだろう。

選定途中で脱落なんてしたら僕の評判は一気に落ちて、他者から侮《あなど》られることもあるだろうけれど、ラブバトのジュリアンが置かれた境遇を考えれば、一億倍も一兆倍もマシというもの。

僕は断罪なんてされることなく、大手を振って領地に帰るのだ。ゲームの知識が備わっている僕ならば、それを可能にできるだろう。最後は円満に候補者から脱落して、生涯ジュリアンをサポートしながら、生きていく。

誕生からずっと見守り慈《いつく》しんできた、血を分けた愛おしいジュリアンが、平穏無事な一生を過ごしてくれるなら、敢えての道も苦にならない。

これが兄として僕がジュリアンにできる、最上最大の愛なのだ!!

◇1．悪役令息は塩対応

前世を思い出してから十三年の歳月が流れ、僕は十七歳になった。

あれからどうなったかというと、僕はジュリアンに成り代わることを、無事に認めてもらえたのだ。

もちろん事はスムーズに運んだわけではない。

「婚約者候補になるぅぅうっ!!」と駄々を捏ねた僕を、父は当然一蹴《いっしゅう》した。

だって僕、ボーモント男爵家の嫡男。将来はこの領地を背負って立つ身。そのため父は僕でなく、ジュリアンを婚約者候補とすることに決めたのだ。

王室を謀《たばか》るわけにはいかないと、厳しくはねつけられてばかりだったが、それでも僕は身代わりになることを認めてもらえるまで、激しい抗議活動を続けた。

僕の行動が両親やボーモント領の民たちを危険に曝《さら》す可能性があることは、重々理解している。発覚した際のことを考え、不安に襲われたことも一度や二度ではない。

けれどジュリアンの将来がかかっている。両親には本当に申し訳ないけれど、僕はどうしてもジュリアンを救いたかったのだ。

そんな無茶ばかりの日々に、最初に音を上げたのはジュリアンだった。

いつものように両親から怒られる僕の姿を見たジュリアンが「にーちゃをおこらないでぇ！」と大泣きしたのだ。

「にーちゃ、ボクになってもいいのぉ！」

顔を真っ赤にして、両の目から大粒の涙をポロポロと零す天使。

あぁ、僕はジュリアンにこんな顔させたいわけじゃなかったのに。ジュリアンを守るための行動が、却《かえ》って天使を傷つけてしまった。

そう自覚した瞬間、つられて僕も大号泣。二人で抱き合って泣き続ける姿を見た両親は何か思うところがあったようで、改めて話し合いが行われたのである。

僕がどれほどジュリアンの身を案じて身代わりを申し出たのか、今度はできるだけ冷静に伝えてみた。もちろんゲームの内容は伏せて。

代わりに、

「甘えん坊で寂しがりやのジュリアンが、誰も知らない場所でやっていけるとは思えない。独りぼっちで毎日泣き暮らして、下手をしたらひっそりと儚くなってしまうのでは。それを考えただけで胸が潰れそうになり、いても立ってもいられない。だけど僕なら平気だよ。だってお兄ちゃんだもん！」

といった趣旨のことを猛アピール。

必死の説得の甲斐あって、両親は僕の望みをようやく叶えてくれたのだ。

つまりは僕がジュリアンの代わりに、婚約者候補として王宮に行くことになったのである。

同時にジュリアンがデリック・ボーモントとして生きることも決定した。

「王室を謀ることは大罪なんだ。この事実が発覚したら我が家は終わりだから、入れ替わるなら死ぬまで貫きとおす覚悟が必要だよ」

と念を押されたけれど、僕の決意は固かった。

こうして僕はジュリアンとして、ジュリアンがデリックとして、それぞれの道を歩むことになったのだ。

入れ替わりの秘密は徹底的に守り抜くことにし、事実を知るのは家族と一部の上級使用人だけ。本来であれば家族以外には知られないほうがいいのだろうけれど、執事や乳母は我が家に代々忠誠を誓っている者たちなので、僕らの入れ替わりを軽々しく外部に漏らすことはないだろうと、父が判断したのだ。

そして僕たちは伝染性の疑いがある病に罹《かか》ったと偽《いつわ》り、療養と称して屋敷の奥にある別館で生活することとなった。

そして〝デリック〟の十歳誕生記念でお披露目会を開いたのを機に、僕たちは皆の前に登場。最後に大勢の前に姿を現してから六年も経っていたので、僕たちの容姿を克明《こくめい》に覚えている者はおらず、ジュリアンが「デリックです」と名乗ったときも疑惑の声は上がらなかった。

ただ僕とジュリアンの体格差を隠しきることだけはできなくて、僕を見て、

「弟のジュリアンくんのほうが、体が大きいのですね」

と言われて一瞬ヒヤリとしたけれど、父が、

「デリックは後から成長するタイプなんでしょう。私がそうでしたから」

と誤魔化してくれたおかげで、事なきを得た。

こうして見事に入れ替わることに成功した僕たち。それからの七年間を平穏無事に過ごし、
そして明日、僕は婚約者候補として、王都の王宮へと向かう。

ついにゲームが始まるのだ。

これから先のことを考えると、さすがに不安と緊張が走る。

——だけど臆しちゃいられない。

全てはジュリアンのために……僕は、僕の大事な弟を守るんだ。

夜空に浮かぶ月を窓から仰ぎ見て、決意を新たにしたとき。

コンコンとドアをノックする音と共に「兄さま」と小さな声が聞こえた。

「ジュリアン？」

名を呼ぶとドアが静かに開いて、枕を抱きしめたジュリアンが顔を覗かせた。

「こんな真夜中にすみません」

「いや、いいんだ。それより早く入って」

急いで部屋に招き入れ、廊下を見回してからドアを閉める。

「ジュリアン、駄目じゃないか。部屋の前で〝兄さま〟なんて呼んじゃ」

僕らが入れ替わったことは絶対の秘密。万が一にも事情を知らない使用人に聞かれでもしたら、僕たちは一巻の終わりだ。ジュリアンだってそれは知っているはずなのに。

僕に窘《たしな》められたジュリアンは「ごめんなさい」と言って、しょんもりと眉を下げた。

「廊下には誰もいなかったからいいけれど、気をつけないとね」

「はい……でも兄さまと離れ離れになってしまうと思ったら、どうしても呼びたくなってしまって」

そう。僕は明日からしばらくの間、王宮に滞在することが決まっているのだ。しかも婚約者候補から脱落するまでずっと留まり続け、アーサーの婚約者選抜に挑むのである。

その間はよほどのことがない限り、実家に戻れないことも事前に伝えられていて、だからしばらくの間はジュリアンに「兄さま」と呼ばれることもなくなってしまうのだ。

これには僕も落ち込んだ。

だって歴代の婚約者候補たちは、自宅から王宮に通って審査を受けていたと聞いていたのに、それがいきなり泊まりがけなんて。これってちょっと酷すぎやしないか？

だけど今回ばかりは仕方ないという王家側の言い分が、充分理解できるものだったため、渋々ながらでも従うしかなかったわけで。

なぜなら今回集められた候補者たちは皆、地方に住む貴族の令息ばかり。現に我がボーモント領も、王都までは馬車で片道二日間の距離だから、頻繁《ひんぱん》に王宮に通うのは体力的にも資金的にもかなり厳しい。

中にはうちより遠方に住んでいる令息もいるらしく、ゆえに選抜期間中は王宮で過ごすことが決まったのだとか。

それにしても、今回の婚約者選抜は異例ずくめだ。そもそも王太子の婚約者候補が全員男ということからして、異例中の大異例。

オルムステッド王国では同性婚が当たり前に認められているから、庶民やうちのような下級貴族は、嫡男であっても同性同士で結婚することができる。分家から養子を迎えれば済むだけのことだしね。家名が存続するならば、介在するのは主家の血じゃなくてもいいというわけだ。けれど上級貴族や王族は、この限りではない。直系の継嗣《けいし》を残すべきという風潮が、まだまだ強く重んじられているため、異性婚すべしという暗黙の了解があるのだ。

だから王太子であるアーサーの婚約者候補は本来女性であるべきなのだけれど、男性ばかりが集められたのには、ゲーム内で語られなかった深い理由があるわけで。

……なんてことをつらつらと考えていると、ジュリアンがフッとため息を漏らすのが聞こえた。

「どうしたんだい。何か悩み事でも？」

「もう、兄さまはまたそうやって、惚《とぼ》けたことばかり言うんだから。ずっと一緒に過ごしてきた兄さまと、離れ離れになるんですよ？　それを考えただけでボクはもう寂しくて、寂しくて……」

「ジュリアン……」

それは僕も同じ気持ちだ。だって僕ら兄弟は入れ替わりが決まってからも、ずっと一緒に過ごしてきたんだから。

伝染性の疑いがある病を謳《うた》っていたため、別館といえど両親……特に父が僕たちの元を頻繁に訪れることは難しく、月に一度会えるかどうか。お二人は毎日のように手紙を認《したた》めてくれたけれど、直に感じる温もりは皆無。まだ幼かった僕たちは早々に両親の愛情に飢えてしまったのだ。

この点に関しては、僕は深く反省した。

いくら未来を変えるためとはいえ、当時二歳の幼いジュリアンから、両親を奪った形になってしまったのだから。

「とーしゃ……かーしゃ……」と潤んだ声で呟くジュリアンを抱きしめ、涙ながらに謝罪したことも一度や二度ではない。

特殊な環境下で幼少期を過ごした僕たちの絆はより強固なものとなり、僕に至ってはもはや前世の推しキャラに対する思いというよりも、血の繋がった弟に対する情愛が勝るようになっていた。

結果、今ではすっかりブラコンを拗らせた兄に成長。

両親や乳母らは「そろそろ弟離れしなさい」とやんわり苦言を呈したりもするけれど、そんなことはできっこない。一生無理。

ブラコン上等！　弟最高！

と叫ぶ僕も、明日にはここを……ジュリアンの前を離れなければいけないわけで。

改めて自覚して、ズーンと落ち込んでしまう。

「僕が我儘を言ってしまったばかりに……ごめんね、ジュリアン」

「謝らないでください。兄さまが行かなかった場合、ボクが行くことになっていたんですから。どのみち別れ別れになることは避けられなかったのです」

ただせめて、しばしの別れの前に最後の夜を共に過ごしたい……ジュリアンはそう考えて、夜中にもかかわらず僕の部屋を訪れたらしい。

「子どもの頃のように、兄さまと一緒のベッドで眠れたらって……駄目ですか？」

「もちろん、いいに決まってる！　今日は一緒に寝よう！」

ジュリアンを誘って、二人でベッドに入る。

「一人用のベッドだから、少し狭いね」

「ボクたちも、それだけ成長したってことですね」

ジュリアンの言葉に、二人で顔を見合わせクフフと笑い合う。

けれどジュリアンはすぐに、美しい顔をほんの少し陰らせて、

「今夜ここに来たのは、実はもう一つ理由があって」

と呟いた。

「理由？」

「はい……実は今日、父さまとコーツ男爵の会談に同席させてもらったんですけど」

ジュリアンは現在、ボーモント領の嫡男〝デリック〟として、父から領地運営について学んでいる。最近では他領の領主と会談する際、顔つなぎも兼ねて同席させてもらうことも徐々に増えているのだ。

ひたすら真面目に、実直に励むその姿は父や周囲からの評価も高く、将来はいい領主になるだろうともっぱらの評判だ。さすが僕の天使。やることなすこと輝きまくっている。

ちなみにコーツ男爵とはボーモント領の隣の領地を治め、うちとは昔から深い付き合いがある貴族の一人だ。

「雑談の中で、兄さまが明日王都に旅立つという話が出たとき、コーツ男爵が気になることを言い出して……」

内容は、過去の候補者選抜で実際に行われた出来事。婚約者になるべく、他人を蹴落とそうと躍起になる令嬢が、毎回続出するらしい。

陰口や嫌みの応酬に始まり、持ち物を隠したり壊したりの嫌がらせは当たり前。酷いものに

なると根拠のない誹謗中傷《ひぼうちゅうしょう》を言いふらして相手を追い詰めたり、熱いお茶を頭からかけたり、階段から突き落としたり。

醜悪な攻防戦は熾烈《しれつ》を極め、途中で心が折れたり、大怪我《おおけが》をして泣く泣く棄権する者もいると聞かされたジュリアンは、すっかり震え上がってしまったらしい。

「そんなことをする人がいるだなんて、本当に信じられない……」

いや、それ、ラブバトのジュリアンが普通にやってたことだから——なんてことは口が裂けても言えないので、僕はとりあえず黙ってコクコク頷《うなず》いた。

だけど今のジュリアンなら、ラブバトのような嫌がらせなんて絶対しないだろう。断言できる。

むしろ絶えず笑顔を浮かべて周囲の人々を温かな気持ちにさせてくれるし、暴力や邪心からはほど遠い人間なのだもの。

でもなんで実際のジュリアンとラブバトのジュリアンは、こうも性格が違うのか。真逆のタイプすぎて、同一人物とはまるで思えない。

ゲーム内の悪役令息補正のせいで、あんなふうに描かれていたのだろうか。

「それでボク、兄さまがそんな目に遭ったらどうしようって、心配になってしまって……」

目を潤ませながら呟くジュリアンを見て、胸に感動の嵐が吹き荒れる。

「ジュリアン……ありがとう」

でも大丈夫。今の僕は十七歳だけれど、前世ではもっと長く生きていたんだ。あの頃の〝俺〟より若い子たちの嫌がらせに屈するほど、弱い人間ではない。

「意地悪をする人たちの近くには行かないよ。身に危険が迫らないよう、最大限に注意するから」

そう言って宥《なだ》めると、ジュリアンはほんの少しだけホッとしたような顔をした。

「約束ですよ。絶対ですからね」

「わかったよ」

「それから……できれば早く帰ってきてください。王太子殿下の婚約者になんて、なってほしくないんです」

「ジュリアン……」

でもそれは、承服しかねる願いだった。なぜなら僕は、婚約者が正式に決まるまでは王宮に滞在しようと考えているのだから。

何度も繰り返すけれど、ここはゲームの世界。僕という偽物の悪役令息が早々に脱落してしまったら、世界は次なる悪役令息を求めて本物のジュリアンに白羽の矢を立てるかもしれない。そしてジュリアンはストーリーどおり、悪役として断罪される可能性だってあり得るわけで……。

それでは入れ替わった意味がない。僕はジュリアンを不幸にしたくないのだ。

だからアーサーが婚約者を選ぶとき……つまりジュリアンが断罪されないことが確定するまで、候補者の座に就いていなければならない。

けれどそれを伝えることはできなくて……。

言葉の代わりにキュッと抱きしめると、ジュリアンの手が僕の背に回った。

隙間なくピッタリくっついたおかげで、ジュリアンの規則正しい鼓動が近くに感じられる。

きっとジュリアンにも、僕の心臓の音が聞こえているだろう。

なんかいいな、こういうの……凄《すご》く、安心する。

前世では助けた後輩に裏切られた形で全ての責任を押しつけられ、上司や取引先に罵倒され続け、同僚らは手伝ってくれないばかりか陰で〝俺〟を「馬鹿なやつ」と嘲《あざけ》っていた。

誰一人味方のいない状態で、ゲームだけを心の拠り所に、一人孤独に死んだ前世の自分。

それが今は、惜しみない愛情を注いでくれる両親や、僕たちを甘やかしてくれる使用人たち、そして前世の推しであり僕の心の天使ジュリアンの側にいる。嬉しくて涙が出そうだ。

この世界に転生できてよかった……心の底からそう実感せずにはいられない。

やや高めの体温を感じていた僕の元に、柔らかな眠気が訪れた。幸せな気持ちのまま、ソッと目を閉じる。

眠りにつく一瞬前に、

――今世ではこれだけ幸運に恵まれている僕だもの。王宮に行っても、ラブバトのジュリアンのように酷いことにはならないよ、きっと。

なんてことを考えながら。

が、人生はそんなに甘くはないもので。

婚約者候補として王宮に入った僕を待っていたのは、予想だにしなかった苦難の連続だったのだ。

＊＊＊＊＊

候補者たちが王宮に集められたあの日から四年が経ち。

二十一歳になった僕はというと、アーサーの婚約者候補として静かな日々を過ごしている。

ただしそれは、表面上だけ。

実情はというと、ほかの候補者全員から遠巻きにされているせいで、静粛たる日常が送れているだけだ。

候補者たちは僕を見て「ボッチだ」とクスクス笑うけれど、そんな嘲りに挑発されることなく無表情のままお茶を飲む。

それにしても王宮のお茶は本当に美味しい。実家にいた頃だったら、ジュリアンと一緒に

「凄く美味しい！　幸せだねー！」なんて相好を崩しているところだけれど、生憎と僕の表情筋が仕事をすることはない。

王宮に来て、無表情と全身から漂わせる冷たいオーラが、デフォルトと化してしまったのだ。

もちろん最初からこんな状態だったわけじゃない。婚約者候補とはいえ、アーサーを射止める気なんてさらさらない僕は、できるだけ存在感を消して「誰の敵にもなりませんよー」と控えめにアピールしていたのだ。

これならライバルたちを蹴落とそうと必死になって、ありもしない誹謗中傷を言いふらしたり、大小さまざまな嫌がらせを行っている候補者たちの標的になることなく、アーサーの婚約者が決まるギリギリまで王宮に留まれるだろうと考えたのだけれど。

僕はすぐに、自身の考えが甘かったことを思い知らされる。

彼らにとって自分以外の候補者は全て敵。悪意の手が伸びない候補者は誰一人としておらず、中には早々に音を上げて領地に帰った者もいたほど。

まさに魑魅魍魎《ちみもうりょう》の巣窟《そうくつ》。

バトル・ロイヤルＢＬゲームの世界って本気で怖い。

僕もまたあまりの辛さにこっそり裏庭に逃げて、そこに集まる小鳥やリスたちを愛で、ささくれた心を癒やす日々を過ごしていたけれど、逃げているだけじゃ物事は一つも解決しないし、メンタルが持たない。

事態解決を目指した僕は、路線変更することを決意した。

常に無表情のまま「誰も僕に構うんじゃない……」的なオーラを漂わせる。誰に対しても塩対応を貫いて、敵意を向けられれば即座に去《い》なす。

突然雰囲気を変えた僕に、ほかの候補者たちは戸惑ったようだけれど、すぐにまた攻撃を再開した。

そこでその悪行の数々を、候補者たちを取り纏《まと》めている侍従長にチクってやったのだ。

僕たちには「王宮内で問題を起こすなかれ」という規律が課せられていて、それに背いたことが侍従長の知るところとなれば、何らかの処分を下されることは必至。王太子の婚約者候補として相応しい振る舞いではないと断じられ、最悪の場合は候補者から外されてしまうのだ。

実際に何人かの候補者を強制脱落させたところ、僕は「なんでも侍従長にチクるヤベェやつ」と認識されて、遠巻きにされるようになった。

それだけではない。

塩対応な態度はアーサーに対しても同様に行った。

僕としては、ラブバトのジュリアンを破滅に追い込んだアーサーなんかに近づく気はさらさらないし、軽薄ヤリチンチャラ男なんてお呼びじゃない。

週に一度行われる、お茶会と称したアーサーとの触れ合い会（笑）でも、彼には決して近づかない徹底ぶり。

触れ合い会は、アーサーと候補者たちがお互いをよく知って、仲を深めることを目的に開催されているもの。だから誰もが自分を見初めてもらおうと必死のアピールを繰り広げるわけだけれど、僕はそもそもアーサーに気に入られようなんて思っていないからね。

ゲームの内容的にも、ジュリアン・ボーモントは絶対にアーサーの婚約者になれないことはハッキリしているわけだから、アーサーの関心を惹《ひ》くとか無駄なことはしたくない。

加えていうとアーサー自身も、塩対応でツンケンしている僕には興味がないようだ。

それが証拠に、彼は候補者全員と関係を持って毎日アレコレ楽しんでいるようだけれど、僕だけは一度もお呼びがかかったことがない。

アーサーはゲームの攻略対象者に相応しく、ヤリチン絶倫野郎で、とにかくお盛ん。下手をすれば朝昼晩と相手を変え、場所も問わずにどこでも致すせいで、運悪く濡れ場を見かけたことが何度あっただろう。

だけど、一戦たりとも交えたことのない僕。

このことからもアーサーが僕に全く興味がないのが、手に取るようにわかる。

ちなみに濡れ場を見かけたときは足早に通り過ぎるようにしているけれど、アーサーに組み敷かれた候補者が下卑《げび》た笑みで「ジュリアンも交ざる?」なんて言ってくることも……。

彼らはなぜか、見られることに羞恥心《しゅうちしん》を覚えないらしい。むしろ積極的に「ヤろうぜ!」と誘ってくる候補者もいるから驚きだ。

ちなみにアーサーはというと、僕をチラリと一瞥《いちべつ》しただけで終了。多分、僕みたいな顔立ちの男には食指が動かないんだと思う。

僕はジュリアンやほかの候補者たちとは違って、かわいらしい容姿をしていない。背もみんなの中では一番高いし、顔つきが相当キツいと、候補者たちの間で評判なのだ。

細くてキッと吊り上がった目は、まるで何かを睨《にら》んでいるように見えるそうで、アクアマリンの瞳が冷徹さをさらに印象づけているのだとか。

顎の辺りが鋭角にシュッと尖った輪郭も、冷たい顔立ちを際立たせることに一役買っていて、薄い唇は薄情さを如実《にょじつ》に現している……と、ここに来て何度揶揄《からか》われただろう。

これに無表情と塩対応も相まって、ついたあだ名が〝氷華《ひょうか》の君〟。なんだその恥ずかしい二つ名は。厨二か。

とにもかくにも、こんなカワイゲのない男とは致す気が起きないらしいアーサーは、僕をとことん無視するのみ。

そんなアーサーの態度に、なぜか気をよくしたらしい候補者が「アーサーさまは僕のほうが好きだって！」と嬉しそうに言う。

え、何これ。なんで僕がフラれたみたいになってるの？

「どうぞ、お構いなく」

冷静な顔を作りながら……だけど、こみ上げる怒りのオーラは全解放で、足早にその場を去った――という経験を、何度してきたことだろう。

本当に腹が立つ。本気で最低だ！

こんなふうに、毎回腸《はらわた》が煮えくりかえる思いをしながら塩対応を貫いている僕とは違い、ラブバトのジュリアンはきっとライバルたち同様、アーサーに誘われるがまま素直に従ったのだと思う。

そうしなければ、いつ誰にアーサーの隣を奪われるかわからないから少しでも気に入られたくて、あっさり脚を開く。

ジュリアンもきっと追い詰められた末に、自ら進んでアーサーのモノを口に含んだり、白濁を顔にブッかけられたり、モブ男たちを加えての乱交に及んだのだ。

可哀想なラブバトのジュリアン……ゲーム内での彼を思うと、胃がグッと重くなる。

プレイ中に「エロい表情最高！」って思ったり、股間のジュニアをいきり立たせたことを、今さらながらに後悔する。

ジュリアンとは違い、まったく追い詰められていない僕はマイペースに塩対応を貫きとおしていたわけだけれど、ほかの候補者たちは僕がライバルになり得ないと判断したらしく、周囲は次第に静かになって今に至るというわけである。

平穏無事に過ごせて大変結構だけど、よくよく考えてみたらこれって、ラブバトのジュリアンと同じじゃないか。

ゲーム内のジュリアンが見せていた冷たい表情とツンケンした態度。あれは今の僕と同様、他者から攻撃されないための手段だったんじゃ……。

それならラブバトのジュリアンと、現実のジュリアンの性格がまるで違うことも納得がいく。やっぱりジュリアンはなんの理由もなしに、人を傷つけるわけがなかったんだ。

謎が解けると同時に、やっぱり王宮に来たのが僕でよかったと、思わずにはいられない。改めてここが魑魅魍魎の巣窟であることを思い知らされる。

ところで僕の振る舞い以外にも、大きな変化はいくつかあった。

中でも特筆すべきは、ハイレベルの〝教育〟が始まったせいで、脱落する者が続出したこと。そのため現在残っている候補者は、僕を含めてたった六人。当初は約五十人ほどが集められたわけだから、この教育がどれほど難しいかがよくわかる。

ちなみに前世でラブバトをやり込んだ僕は全く問題がなく、むしろ「これ、ゲームに出てきた！」なんて、懐かしく思う余裕すらあったほど。

だから当然、成績は常にトップクラス。

さらにはほかの候補者たちがアーサーの尻を追いかけている最中に、図書館に篭もって勉強しまくった。取れる資格も片っ端から取りまくり。

王宮を出たら、僕に代わって領主となるジュリアンのサポートをしたいからね。身につけられる知識はとことん吸収するつもりなのだ。

僕的には将来に向けて着々と準備を進めていただけなんだけど……でもちょっと、やりすぎたかもしれない。

気づけば候補者以外の人たちが僕のことを、天才だの筆頭候補者だのと呼び始めたのだ。

自分勝手に勉強しているだけの僕が、筆頭候補者？　正直、意味がわからない。

僕が婚約者になるだろうと目している人もいるらしいけれど、どう考えたってそれはほかの候補者だ。

中でも一歩リードしているように思われるのが、ラブバトの主人公。ちなみにこの世界で出会った主人公の彼は、ゲームのデフォルトネームである〝リオン〟と同じ名前だった。

リオン・ウィリアムズ男爵子息。ジュリアンと同じ十九歳。

天真爛漫で歯に衣着せぬ物言いをする彼は、あっという間にアーサーの心を掴んだようで、この辺りはさすが主人公と思わずにはいられない。

リオンを見るアーサーの目は、ほかの候補者たちへ向けるものとは若干《じゃっかん》違う。僅《わず》かに甘さを乗せた眼差し。軽薄そうな笑みも、リオンと相対したときばかりはほんの少し柔らかくなっている。

二人きりでどこかへ消えるなんてことも、近頃ではしょっちゅうだし。

これはもうラブバト同様、リオンがアーサー攻略に向けて王手をかけたと見て間違いないだろう。

この調子でいけば、ゲームどおりにリオンがアーサーを射止めることは確実だ。

リオンには一刻も早くアーサーを攻略していただきたい。そして早いところ僕を、このエロ地獄から解放してくれ。

僕はもうジュリアン不足で限界寸前。早く領地に帰りたいよう。

「ジュリアンに会いたいな……」

何度目ともつかないため息を盛大に漏らし、ガックリと肩を落とした僕なのだった。

◇2．リオン・ウィリアムズ1

アーサーさまの婚約者候補として王宮に上がってから四年。

ぼくはアーサーさまに選ばれるべく、ありとあらゆる努力をし続けてきた。

実家の治める領地は王都から一番離れた辺鄙《へんぴ》な土地で、目立った産業など何一つない。とりあえず食うには困らないけれど、娯楽も少なく鬱屈とした時間を無駄に消費するだけ。そんな場所でぼくは生まれ育った。

二歳のとき、アーサーさまの婚約者候補になれたことで、将来に対する希望は残されたものの、そうじゃなかったら退屈のあまり、やり場のない思いを抱えながら生きたかもしれない。

初めて訪れる王都は、それはそれは美しく華やかな場所だった。活気に満ちて、田舎の領地ではお目にかかれない珍しい物がたくさんあり、ファッションも流行も最先端。夜も街灯が周囲を煌々《こうこう》と照らし、遅い時間になっても人々が普通に闊歩している。うちの領地じゃ考えられない光景だ。

本当に、なんて素晴らしい場所！　ぼくは一目で王都に魅了されてしまった。

中でも王宮は特に贅を凝らした作りになっていて、圧巻の一言。侍従長を始めとした従者や下働きの人間ですら、ぼくらより洗練されているから凄い。

そして、ぼくの将来の伴侶になるかもしれないアーサーさま……。

ぼくは彼ほど、美しい人を見たことがない。

少年と大人の狭間にいるような年齢だったにもかかわらず、随分と大人びた雰囲気を漂わせていた。とてもじゃないけれど、自分より年下とは思えない。

緩く束ねられた茶金の髪とヘーゼルの瞳は常にキラキラと煌《きら》めきを放ち、強い意思を思わせる眉もスッと通ったやや高い鼻も、絶えず口角が上がった唇も、全てがぼくの理想どおり。

しかも抜群に背が高く、ただ立っているだけで王者の風格漂うアーサーさまに、ぼくはもうすっかり虜になっていた。

何がなんでも絶対に、ぼくが婚約者になる。アーサーさまの伴侶になるんだ。

美しい男を手に入れられるうえ、あんな田舎の領地に帰らずに済むし、王族の一員という地位も手に入る。それに華やかな王都や豪華絢爛の王宮で一生楽しく暮らせるのだもの。まるで夢のようじゃないか。これを狙わない手はない。

その決意を胸に、ぼくのライバルとして立ちはだかりそうな人物を素早く探す。

誰も彼も野暮ったい感じの子息ばかり。集められたのが田舎の下級貴族ばかりだから仕方ないか。

ただ一人、こいつは手強そうだと思ったやつを見つけた。

ジュリアン・ボーモント。

うちより若干王都に近い領地を治める貧乏男爵家の出でありながら、あり得ないほどの美貌と大人びた雰囲気を漂わせる男。

静謐《せいひつ》さと清廉《せいれん》さを絵に描いたような彼の佇まいと、美の化身のような容貌に、思わず見惚れてしまったのはここだけの話。

ぼくのライバルになりそうなのは、やつしかいない。

どうにかして早々に脱落させなくては……そう考えたぼくは、ジュリアンに対する悪口を積極的に広めて、彼を孤立させようと暗躍した。

表立ってやらなかったのは、候補者たちは騒ぎを起こしてはならないという鉄の掟があったから。

もしも嫌がらせの類いが侍従長にバレたら、そこで強制脱落となるかもしれない。だからぼくは、ジュリアンに関する悪い噂がそれとなく広まるよう、周囲を誘導したり情報操作を巧みに行って彼を孤立させたりと、散々手を尽くした。

ぼくと同様に、ジュリアンを追い落とそうとする者は多く、事態は面白いほど上手く運んだ。

この調子でいけば、ジュリアンはすぐにでも領地に逃げ帰るだろう。

そう思っていたのに。

彼はまさかの反撃に出たのである。

侍従長にこれまで受けた嫌がらせの数々を報告し、虐《いじ》めを積極的に行っていた輩を排除したのだ。

しかもジュリアンは、誰に対しても冷淡な態度を取る冷たい男へと変貌して……。てっきり心が折れるだろうと踏んでいたのに、まさか嫌がらせを受けて強くなってしまうとは。まさかの大誤算。

しかもこれが原因で、侍従長がぼくたち候補者の監視をさらに強めてしまった。また問題が起きれば、侍従長の責任が問われかねないから、彼も必死なのだろう。

厳重な監視下の中、ぼくにできること。

それは。

「アーサーさま」

無邪気な笑顔を作ってアーサーさまの元へと駆け寄る。

「リオン」

アーサーさまはぼくに向かってフッと笑いかけてくれた。

「どうしたんだ、そんなに急いで」

「あの、中庭でお花が凄く綺麗に咲いているから、アーサーさまと一緒に見たいなって」

「リオンは花が好きなのか。ならば毎日部屋に花を届けさせよう」

「いいえ、それはいけませんっ！」

アワアワと慌てたように両手を振って、小さく拒絶する。

「なぜだ。花が好きなんだろう？」

「でもそれって、せっかく咲いているお花を切るってことですよね？　そんなの……お花が可哀想です」

ショボンとした顔で項垂《うなだ》れると、アーサーさまはぼくの頭をポンポンと撫でてくれた。

「花が可哀想、か」

「ええ。どんな大輪の花束よりも、自然のままの姿が一番美しいんですよ。だからぼくは、お花を届けていただかなくても結構です」

その代わり……と呟いて、上目遣いでアーサーさまをチラリと見る。

「ぼくと毎日、お花を眺めに行ってくれませんか？」

コテンと小首を傾げると、アーサーさまは笑みを深めた。

「わかった。そうしよう」

よしっ！　と内心、拳を握る。

花なんか届けられたら、アーサーさまと会う口実がなくなってしまうから、絶対に阻止したいところ。

さらにはアーサーさまの申し出を断り、自分の意見を言ったことで、彼の興味関心を惹くことにも成功した。

候補者として王宮に上がったぼくがすぐに行ったことは、アーサーさまの言動を具《つぶさ》に観察することだった。その結果わかったのは、アーサーさまはご自身の意見に唯々諾々となるよりも、少しくらい言い返すような強気な性格の男が好きらしいということ。

現にさっきだって反対意見を述べたぼくに対して、「面白い」といった眼差しを向けている。

このことがわかって以来、ぼくはできるだけアーサーさまと意見をぶつけ合い、小さな討論を重ねてきた。おかげで候補者の誰よりも、アーサーさまはぼくを側に置いてくれる。

ここまで来るのに相当の時間を要したけれど、おかげでぼくが婚約者に選ばれることは確実だろう。

唯一ライバルになり得たジュリアン・ボーモントは、アーサーさまになんの興味もないようだし、ほかの候補者らなんてすぐに蹴散らせるような雑魚《ざこ》揃い。

とはいえアーサーさまは未だ、ぼく以外の男とも仲良くするから、油断は禁物だけれど。

もう少し、刺激を与えてあげたほうがいいのかな。縄で縛られるとか、道具を使うとか。

考えてみたら最近ちょっとマンネリだったんだよね。もう少し、あれこれ研究してみよう。

婚約者が確定するまで残り数ヶ月。最後まで気を抜かずに励まなくては。

とりあえず、近頃王都で大流行中の香水でも購入して、つけてみようかな。野性味溢れた特徴的な香りで、噂によるとその匂いは意中の人間をコロリと落とす、媚薬成分入りなのだとか。

ほかの男に目を向けさせないためにも、早急に手に入れなくては。

香水効果でアーサーさまは、すぐにでもぼくを婚約者にしてくれるかもしれない。

あー、その日が来るのが待ち遠しい！
輝かしい未来を夢想して、ぼくはにんまり笑った。

◇3．ジュリアンの婚約

晴れ渡る青い空。

細い雲の隙間から顔を覗かせる太陽が、暖かな日の光を地上に燦々《さんさん》と降り注ぐ。

花盛りの庭園に集まった小鳥や美しい蝶が、見る者の目を和ませてくれる。

そんなのんびりとした、麗《うら》らかな春の午後。

心が浄化されそうなほどの景色とは裏腹に、僕の目はどす黒く濁りきっていた。

——まさか、そんな……。

数日前に届いた手紙を思い出して、深いため息をつく。

久方ぶりに領地から届いた手紙。差出人はデリック……つまり、今は〝僕〟となったジュリアンだ。

愛しい弟からの手紙をウキウキとした気持ちで開封した僕だったけれど、読み進めるうちに目の前が真っ暗になり、その場に頽《くずお》れた。

『このたび、婚約が整いました』

ジュリアンからの手紙には、ハッキリそう書かれていたのだ。

僕の愛しいジュリアンが!!

僕は怒った。

前世を思い出し、ラブバトのジュリアンが辿った悲しい結末に憤ったときと同じくらい、怒り狂った。

どこの馬の骨ともわからぬ男と婚約なんて、絶対許せない!!

いや、ジュリアンの相手は馬の骨なんかじゃないんだけどさ。

その正体は、隣の領地に住むコーツ男爵家の次男坊、ロジャー。〝デリック〟十歳のお披露目会で出会い、その後親交を深めていたらしい。

それがやがて愛に変わり、ついには結婚を決意するまでになったらしく……。

うわーん、僕の大事なジュリアンが!

他人のものになってしまうだなんてっ!!

できることなら今すぐ領地に乗り込みたい。そしてジュリアンに、結婚は辞めろと説得するのだ。

ロジャーに決闘を申し込んでもいい。天使のようなジュリアンを穢す不埒《ふらち》な男は、僕がギッタンギッタンのケチョンケチョンにしてやるっ!!

……と意気込む反面、僕も本当はわかっているのだ。

ジュリアンが、いつまでも僕のかわいい弟ではいられないということを。

成長したジュリアンは、今ではボーモント領になくてはならない人物にまで成長した。

領主の仕事は、采配《さいはい》一つで領民の命を左右しかねないほど、重要なものだ。そのストレスは相当なものだろう。

本来ならばその役目は、僕が担《にな》うはずだった。それを、ジュリアンの破滅を防ぐためとはいえ、僕は放棄したのだ。僕に成り代わって〝デリック〟を演じているジュリアンは、負わずともよいストレスを強いられていることになる。

そんなとき、ずっと隣にいてくれたのがロジャーだ。疲れ果てたジュリアンが、彼に安らぎを求めるのは当然だろう。

こうなった原因を作った張本人である僕が、ジュリアンの婚約や結婚について、どうこう言える立場にはない。それは重々理解している。

だけど、だからといってすぐに納得できるかと言われれば、それは無理な話で……。

結果、暗澹《あんたん》たる思いを抱えたまま、ここにいるというわけだ。

ちなみに今は、週に一度開催される、アーサーとの触れ合い会。

普段から塩対応の僕に近づく者はおらず、おかげで煩《うるさ》く話しかけられることもない。静かに落ち込むことができるのは結構だけど、それでも今は一人になりたい。

自室のベッドに潜って、涙の海に溺《おぼ》れたい心境なのだ。

「ねぇねぇ、アーサーさまはどこに行ったの？」

「そういえばさっきからお姿が見えないね」

「アーサーさまぁー」

そんな声が耳に入ってくる。

なんだ、アーサーはいないのか。どうせまた、どこかで誰かと不埒な行為に耽ってるんだろう。

それならもう、触れ合い会は終わりだよね。主役がいないんじゃ、話にならないもの。

アーサーの不在をいいことに、僕はこっそり自室に戻ることにした。

庭園を抜けて、長い廊下を静かに歩く。暗く沈んだ心を映し出しているかのように、足取りも自然と重くなる。

幾度目ともつかないため息をついて、角を曲がったとき……。

「わっ！」

途端に誰かとぶつかった。

「すみません、大丈夫ですか？」

慌てて謝罪し、相手を見ると。

「あ」

そこにいたのはアーサーだった。

「お前は」

アーサーも、まさか僕がここにいるとは思わなかったのだろう。驚いた顔をして、僕を見下ろしている。

「申し訳ございません」

すぐに壁際まで下がって深々と礼を執り、アーサーが通り過ぎるのを待つ。こういうときは身分が高い者が行き過ぎるまで、動かないのが鉄則だからね。

けれどアーサーは、その場に立ち尽くしたまま動こうとしない。

え、ちょっと何やってんの。早く行ってくれないと、部屋に戻れないんだけど。

ちょっとイラッとしていると、なぜかアーサーが僕に向かって話しかけてきた。

「どこへ行こうというのだ。まだ茶会は終わっていないだろう」

「殿下がご不在ゆえ、本日のお茶会は終了と判断致しまして、自室に戻るところでした」

だって主役がいないんじゃ、意味がないじゃん。

「ほかの者は」

「まだ庭園に。みんな、殿下を探しておりましたが」

ふぅんと唸ったアーサーは「ならば俺も戻るのは辞めよう」と言い出した。

「へっ？」

「候補者たちがこぞってつけている香水に、吐き気がしてな。それでここまで逃げてきたんだ」

あー。僕以外の全員が、大流行中の香水をつけてたもんね。

野性味溢れた濃厚な香り。相手の性欲を刺激するだか、虜にするだかって触れ込みで、男女問わず人気が高いらしいが、僕にはちょっと合わない。なんというか、獣っぽい臭いがするように思えて、凄く嫌な気分になるのだ。

アーサーが逃げたくなる気持ちも理解できる。

でも、だからって主役が逃げちゃ駄目だろう。みんな待ってるんだから、早く戻ったらいいのに。

「せっかく息がつけるようになったんだ。今さらあそこへ戻るつもりはない」

いや、ちょっと！　そんなこと言わないで!!　……と言い出せないのが、臣下の辛いところ。

王族の発言は絶対であり、それに否やを唱えることはできない。

できるのは、胸中で「庭に戻らないのはわかったから、この場からも早く立ち去って！」と念じることだけだ。

しかしそんな願いも虚しく、アーサーは「ジュリアンはこの後、予定があるのか？」と聞いてきた。どうやら消えてくれる気はないらしい。

「予定は……」

あると言えばある。布団を被って号泣するという予定が。

けれどそれを言うことは憚《はばか》られる。だって、大の大人が弟の結婚にショックを受けて泣くつもりだなんて、言えるわけがない。

仕方がないので「特には……」と答えた。

「そうか。ならば、ちょっと来い」

言うなりアーサーは僕の腕を掴んで、ズンズン歩き出した。

「ふぇぇっ!?」

引きずられるようにして連れてこられたのは、アーサーの部屋。

わけもわからぬままフカフカのソファに座らせられると、アーサーは侍従にお茶の用意を申しつけて、僕の対面にドッカと座った。

侍従が用意する茶器がカチャカチャと鳴る音が、静かな部屋に響くのみ。

やがて全ての準備を終えた侍従が一礼と共に去っていき、部屋には僕とアーサーの二人が残された。

え、ちょっと待って。

何この状況。

突然二人きりになっても、話すことなんて何一つないんだけど!?

焦りのあまり、変な汗が額から流れ落ちる。

「何を考えていた」

「え」

何をって……早くどっか行ってくれないかなーってことと、とにかく早く帰りたい。それだけだ。

もちろん口にはできないけどさ！　言ったら不敬に当たってしまう。そんなことは僕だってさすがにできないよ。

「特に、何も……」

「何もないわけないだろう。随分と思い悩んだ顔をしていた」

「え……」

アーサーの言葉は正しい。けれどそれが表情に出ていたとは考えにくいんだけど……。

だって表情筋が機能してない僕だよ？

どんなに落ち込んでたって、周りからはいつもと変わらないように見えているとばかり思っていたのに。

「ああ、違うな」

内心狼狽《うろた》える僕に向け、アーサーは小さな声で自身の発言を否定した。

「いつもと目が違っていた」

「目、ですか？」

「あぁ。瞳の奥が、不安に揺れ動いているのが珍しくて」

予想外の言葉に、思わず唖然とした。

「ジュリアンは常に毅然《きぜん》としているだろう。それが急に弱りきった仔猫のように、瞳を彷徨《さまよ》わせているのだから」

僕のそんな様子は珍しく、というか初めてだったので、何があったのか知りたくなったとアーサーは語った。

「誰かに虐められたのか？」

「いいえ、そのようなことは決して」

アーサーが僕の内心を見抜いていたことに恐れ慄《おのの》いているだけだ。

だってアーサーはこれまで、僕に対して一度も関心を向けたことはなかったのだから。

「じゃあどうしてそんなに、不安げな瞳をしている」

「不安なんか」

「誤魔化さなくていい。俺にはちゃんとわかってるから。ジュリアンをずっと見てきた、俺にはな」

アーサーの言葉に、心臓がトクリと跳ねた。

僕をずっと……見てきた……？

なぜかドキドキと姦《かしま》しく鳴る胸。体がカッと熱くなって、頭から湯気が出てるんじゃないかと心配になった。

「見て、おられたのですか？」

「当然だろう。ジュリアンは俺の婚約者候補なのだから」

あ――……そういうことか。

つまりアーサーは、候補者全員を一人残さずじっくり観察していたわけか。将来の伴侶になるであろう相手を、しっかり見極めるのは大切なことだしね。

だから当然、候補者である僕にも目を向けていたと。

なるほど、納得。

ちょっと一瞬、変な意味に考えそうになった自分が恥ずかしすぎる。

これも全部、アーサーが無駄にイケメンすぎるのが悪いんだ！

湧き上がる羞恥を必死に抑えながら、なんとか言い逃れをしてお暇《いとま》しようと思った僕だったけれど、アーサーは一筋縄ではいかなかった。

これまでの無関心が嘘のように、しつこく何度も食い下がってくる。

遂に根負けした僕は、ジュリアンの婚約に動揺したことを白状させられたのだった。

「なるほどな」

僕の話を聞き終えたアーサーは、ふぅむと唸った。

弟を兄に言い換えただけで、ジュリアンの婚約に対する思いを存分に打ち明けたものだから、僕としてはいたたまれない気持ちでいっぱいだ。

僕はたしかにブラコンだよ。しかも超がつくほどの。

それは自分でも自覚している。

でもだからって、それを人前で軽々しく口にするのは違うとわかっている。

しかも僕、二十一歳。

書類上はジュリアン十九歳ってことになっているけど、それにしたって表向きもうすぐ二十歳になろう成人男性が、いつまでも「お兄ちゃま、だぁい好きっ！」なんて言っていたら、周囲がドン引きすることは間違いない。

アーサーもさぞや軽蔑していることだろう。

あ、でもこれがキッカケで、婚約者候補から脱落したりしないかな。

ジュリアンはロジャーと婚約したわけだし、アーサーの婚約者候補になる可能性は完全に消えた。

となると、僕がここにいる意味はない。

そうだ、そうだよ！　ブラコン発覚からの候補者脱落！

いい流れじゃない？　これは!!

と期待に胸膨らませたのに。

アーサーが嫌悪の滲《にじ》んだ表情を見せることはなく、むしろ寂しそうに微笑んだ。

「ジュリアンは、それほどまでに兄のことが好きなのか」

「それはもちろん！」

好きなんて言葉じゃ足りない。むしろ愛してる!!

じゃなかったら、将来破滅する未来が待っている悪役令息に、自ら立候補したりするもんか。

拳を握りしめて鼻息荒く断言したというのに、アーサーは変わらずに寂しそうな微笑みを浮かべるだけだった。

あれ？　ここはドン引きする場面じゃないの？

アーサーの態度に、むしろ僕のほうが戸惑ってしまう。

「家族への愛を素直に語れるジュリアンが、正直羨《うらや》ましい」

手にしたカップをジッと見つめながら、アーサーがポツリと呟いた。

「え」

「俺には家族がいないからな」

「あっ……」

そう、これはゲームでは語られていなかったことなのだけれど、彼には実の家族が存在しないのだ。

全てはアーサーの実父である前国王が、身罷《みまか》ったことから始まった。

前王は急な病を得て儚くなられ、王妃は実家に戻された。

夫妻には子がおらず、王弟――アーサーの叔父が急遽《きゅうきょ》玉座に就いたのだが、その直後に前王妃の妊娠が発覚。彼女は大難産の末に出産し、そのまま天国へと旅立ってしまった。

残されたのは生後間もない男児。

アーサーである。

彼の処遇を巡って、議会は紛糾。結果、彼は叔父の元に引き取られ、第一王子として養育されることとなった。

さらには次代の王になることも決定。血の流れを考えるに、アーサーが王位を継ぐのが一番という、圧倒的多数の意見を採用した形となる。

ただし、決定事項はこれだけではなかった。

アーサーは次代の王になることが決まったが、それは一代限り。しかも在位はたったの十年と、事前に定められたのだ。

さらに子を作ることは許されず、アーサーの次の王は現王の子が継ぐことで、話が纏まったのである。

この決定には、二つの理由があった。

一つは摂政の座を狙う奸臣《かんしん》を阻止するため。

アーサーを即、幼王として擁立させた場合、政《まつりごと》など何一つわかろうはずがない幼子を裏で操り、この国を手中に収めんと画策する大臣たちが大勢いたそうだ。

そしてもう一つは、現王の地位への執着。

せっかく転がり込んできた玉座だ。即刻の退位などしたくもないし、今後生まれてくるであろう我が子に王位を継がせたい。

しかしアーサーの身に流れる血の濃さを、無視できないのも事実なわけで。

そこで王は、アーサーを王位に就かせるが一代限りの王とすることで、ひとまず丸く収めたのである。

こうして叔父の養子として迎えられたアーサーだが、十歳までは都から遠く離れた王家の直轄地で一人暮らすこととなる。これに関しては、この国の慣習によるものだから仕方がない。

だが王は十年間アーサーをそこに閉じ込めて、一度も会いに行こうとはしなかった。

アーサーの後に生まれた実子は、都からほど近い離宮に住まわせたのに。しかも頻繁に会いに行っていたというのに。

アーサーにはそういった気遣いを、ただの一片たりとも見せなかったのだ。

複雑な生まれゆえに、扱いに困ったのだろうか。

もしくは実子でないということで、そこまで愛着が持てなかったのかもしれない。

その後、十歳で王宮に居を移したアーサーだったが、血族である叔父家族との間には大きな溝ができている……というのは、貴族であれば誰でも知る話。

こういった複雑な背景が絡み、アーサーのために集められた大勢の婚約者候補たちの中に、女性が一人もいなかったというわけだ。

声がかかったのは全て男子。継嗣を絶対に作らせない気がありありと伝わってきて、ドン引きを通り越して寒気すらしてしまう。

しかも候補者を出すよう命が下ったのは、宮廷内で権力を持たない弱小貴族ばかり。権力者の子を宛《あて》がうことで、アーサーに妙な力をつけさせたくないという思惑からなのだろう。

だから地方の一貴族でしかない我が家にも、お声がかかったというわけで。

僕はこれまで、アーサーはこれらの全てを甘受し、享楽に溺れながら、与えられた生き方を謳歌しているのだとばかり思っていた。

あの乱れっぷりを実際目にしたら、誰だってそう思うに違いない。

けれどそれが間違いだったら？

アーサーはずっと寂しさとやるせない思いを抱えていて、刹那的《せつなてき》に生きてきたのでは？

切なげに瞳を揺らすアーサーを見て、そんなことを考えてしまった。

「兄弟とは、いいものか？」

「そう、ですね……」

なんと言ったらいいかわからず、かといって言葉を濁すわけにもいかず、僕は躊躇《ためら》いがちにそう答えた。

「僕はジュ、あ、兄が生まれたときから」

「兄が生まれた？」

「いいえ違います間違えましたごめんなさい！　僕が物心ついたときです！　えっと、だからとにかく、あんな素晴らしい兄に恵まれて、本当に幸せだと思います、ハイ!!」

早口ノンブレスで捲《まく》し立ててしまったのは、目を瞑《つぶ》っていただきたい。

「そうか……」

アーサーは僕の失言をサラリと流して「幸せでよかったな」と言ってくれた。

入れ替わりは気づかれなかったようだ。

「俺にもそんな兄弟が一人でもいたら、少しは違う人生を送れただろうか」

「……ですが殿下のお側には、将来の伴侶となるであろう人間がいるではありませんか」

伴侶は家族だ。

今は独りぼっちのアーサーも、婚約者を決めて結婚する。家族ができるのだ。

「殿下はお一人ではありませんよ」

けれどアーサーは、弱々しく頭を振って、

「打算的な愛など、なんになる」

と吐き捨てた。

「婚約者候補なんて、伴侶の座を狙って俺に媚《こ》びを売っているだけじゃないか」

「それは……」

たしかにそうかもしれない。

僕はともかく、ほかの候補者たちは確実にアーサーの隣……つまり伴侶の位を狙っている。

僕以外の候補者全員が「伴侶の座を掴み取るぞ」と、声高に叫んで憚らないくらいだ。

それはつまり、アーサーの家族になるということなのだろう？　と今まで思っていたけれど、本当は……そう考えて、僕は愕然《がくぜん》とした。

「あいつらは伴侶にさえなれれば、王は誰だっていいんだ。次の王がたまたま俺だから、俺に目を向けているにすぎない」

アーサーの持つカップが小さく震えている。

否、アーサー自身が震えているのだ。

「ですが、リオン殿は？　彼は殿下を心から慕っているように思えますが」

「リオン……か。面白い男ではあるが、あれもまた栄華を手にするために俺を利用しているにすぎない」

そんなことは……と言いかけて、結局は口を噤《つぐ》んだ。

僕からすればリオンはアーサーを慕っているようにしか見えないけれど、たくさんの時間を彼と一緒に過ごしたアーサーには、いろいろと思うところがあったのかもしれない。

だからアーサーはリオンとの仲を深めながらも、ほかの候補者たちとも関係を断たないというわけか。

本来ならばなんだって手に入る立場である彼の孤独と渇望を目の当たりにして、胸が締めつけられる思いがした。

「俺は一体、なんのために生まれてきたというのだ。こんなことならば、この世に生など受けたくなかった」

僕はこのときになって初めて気づいた。

アーサーにゲームの攻略対象者というレッテルを貼り、一人で勝手に嫌悪していた自分に。

たしかにアーサーは、ゲームどおりの行動をしている。無数に男を抱きまくり、不埒な行いはなんでもやりたい放題の、軽薄なヤリチン男。

これまで実際目にしてきたアーサーの言動と、前世の記憶というフィルタに、僕の目はすっかり曇っていたのかもしれない。

――本当のアーサーはこんなにも孤独で、こんなにも寂しい思いを抱えている人だったんだ……。

そう思った瞬間、体が勝手に動き出していた。

震えていたアーサーの手に、自分の手をソッと重ねる。

「そんなことをおっしゃってはいけません。殿下は前国王陛下と王妃殿下に望まれて生を受けた、愛の結晶ではないですか。殿下がご自身を否定なされたら、お二方が……殿下の本当のご家族が、嘆かれるに違いありません」

「俺の、家族……？」

「そうです。お二方共すでに儚くなられましたが、殿下の身の内には前国王陛下ご夫妻の生きた証が、たしかに息づいておられます」

ソファから立ち上がり、アーサーの側へと歩み寄る。

そんな僕を、まるで迷い子のような顔で見上げるアーサー。

守ってあげたい——僕の兄センサーが、全解放された瞬間だった。

アーサーの頭を抱えるように、キュッと抱きしめる。

王子に対してこんな振る舞い、後で不敬って言われるかもしれない。だけどそんなこと、今の僕には関係なかった。

アーサーも王宮で共に過ごしてきた男の子。言わば弟みたいなものなのだ。

僕よりも随分と体格がいいせいで、今までそうは思えなかったけど、実際四つも歳が離れているしね。弟扱いも、間違いではないだろう。

そして超がつくほどブラコンの僕には、弱っている弟を見過ごすなんて絶対にできないのだ。

「ジュリアン……」

「今まで、お辛かったですね。一人でジッと耐えてきて、本当に偉いです」

アーサーが僕の腰に腕を回し、ギュッと抱きついた。

震えは収まるどころか、さらに激しさを増していく。

切れ切れの呼吸の合間に、小さな嗚咽《おえつ》が混じる。

泣いているのだろう。

だけど僕はそれに気づかないふりをして、アーサーの背中を撫で続けた。

生まれた瞬間から悲しみを抱え続けてきた、弟のごときアーサーの心が、少しでも解きほぐ

れますように。

この先アーサーが最高の家族……伴侶と共に、心穏やかな時間を過ごせますように。

心からそう願いながら。


ひとしきり涙を流したアーサーが落ち着いたのは、それから少し経ってから。

目元を袖口で拭った彼は、スッキリした笑顔で僕を見上げた。

いつもは凛々《りり》しい顔が、ちょっとだけ子どもっぽく思えてドキッとする。

「すまなかった、ジュリアン」

「いいえ、僕のほうこそ、その……申し訳ございません」

トクトク高鳴る鼓動を悟られないよう、一歩下がって謝罪した。

許可なく王子を抱きしめて、しかも背中を擦《さす》ったのだ。不敬と言われても仕方がない。

けれどアーサーは、僕の行為を咎《とが》めなかった。

「謝ることはない。ただ……」

「ただ?」

「……今のことは、誰にも言わないでくれないか」

頬が……いや、耳まで赤くなっている。

僕の前で子どもっぽいところを曝け出したことが、よほど恥ずかしかったと見える。

――そんなところも、かわいいな。

普段はニヤニヤと軽薄な微笑みを浮かべ、大人っぽい振る舞いで男らしさを見せつけるアーサーが、こんな年相応の姿を見せるのは珍しい。というか初めて見た。

もしかして、いつもはみんなが望む〝理想の王子〟を目指して、少し背伸びをしていたのだろうか。

なのに今、僕の前では素の自分を曝け出してくれた。

それがちょっとだけ嬉しくて、胸が擽《くすぐ》ったい。

アーサーのかわいらしい態度に、僕の兄センサーがついに限界点を突破した。

「殿下。誰にも言わない代わりに、僕のお願いを一つ聞いていただけますか？」

「……なんだ」

僕の言葉に、アーサーが警戒心を顕《あら》わにする。

もう、そんな顔もかわいいなぁ。以前だったら絶対いいとは思えなかっただろう。だけど本当の姿を一度でも見てしまったら、急に全てがかわいいと思えてしまうから不思議だ。

大丈夫だよ。変なお願いはしないから。

怖くない……怖くないよ。

僕はアーサーを安心させるべく、穏やかに微笑んだ。モデルはジュリアン。愛しき天使の真似をして、できる限り慈愛に満ちた笑みを浮かべたのだ。

なのにアーサーは、ヒュッと息を呑んで絶句した。

……あれ。笑顔がちょっと怖かったかな？　何しろ僕は、人相が悪いって言われているから。

僕ごときが天使の真似をしたところで、足下にも及ばないということか。くそぅ！

僕は慌てて表情を引き締めると、厳《おごそ》かに口を開いた。

「これからは僕を、殿下の身内も同然とお考えください」

「俺の身内？　それは、まさか……」

「はい！　僕を兄（仮）だと思って、思う存分甘えてくださって結構ですよ!!」

エヘンと胸を張って堂々と宣言すると、アーサーはポカンとした顔をした。

こんな顔もかわいい以下略。

「なぜ、そうなる」

「恐れながら、僕は殿下より年上にございますから」

「いやいやいやいや」

額を押さえて呻《うめ》くアーサー。おかしいな。僕、なんか変なこと言った？

納得できないといった顔をするアーサーに、ここぞとばかりに畳みかける。

「殿下のお心は痛いほど伝わってきました。その気持ちは僕にも覚えがあります」

何しろ僕も、家族と離れてたった一人でこの魔窟にやってきた身。愛しいジュリアンや両親と離れて暮らすのは身を切るように辛く、何度枕を涙で濡らしたことか。

王宮に来た当初感じた寂しさと悲しみ、そして苦しさは未だに忘れられない。

「殿下がこれ以上寂しくならないように、微力ながら僕がお支えできればと」

アーサーがリオンという伴侶を得ることは、すでに承知している。

だけどゲームがエンディングを迎えるまで……つまりリオンが婚約者に決まるまで、アーサーはこの痛みを抱え続けなければならないのだ。

ならばその間は、僕ができる限りサポートしようではないか。

途切れることない支援の流れ。これならアーサーも、寂しさを感じずに済むだろう？

なんてナイスアイディア!!

完璧な計画に感動し、背中がゾクゾクと震える。

「それで、行き着いたのが〝兄〟というわけか」

「はい！」

アーサーは顎に手を当て、首を捻った。

「ジュリアン。お前の立場はなんだ？」

「兄（仮）です」

「その考えはいったん捨てろ」

「そんなっ！」

「お前は今、なんのためにここにいる？」

「それは……」

もちろん、婚約者候補としてだ。非常に不服ではあるが、それが真実なのだから仕方ない。

「婚約者候補であるお前が、俺の兄になりたいだと？　それはちょっと、おかしくないか？」

「え。どこがですか？」

「ここは兄ではなく、候補者として認めてほしいとか、そういう流れじゃないのか？」

「いえいえいえいえ」

そんなこと言うわけがない。

僕が絶対に選ばれないのはわかりきっているし、無駄に足掻《あが》くなんて疲れることはしたくない。

それにもう僕の中でアーサーは、立派な弟（仮）。

弟に対して思慕の念を抱いたり、他者を押しのけ一番になりたいとか、そんなのおかしいじゃないか。

「第一に殿下ご自身も、僕に興味はありませんよね？」

「あ、ああ……今まではそうだったが」

「でしたら婚約者候補とか未来の伴侶とか、そういうのは忘れてください」

「だがな、ジュリアン」

「僕を候補者扱いなんて、しなくても大丈夫です。今後は仮初めの兄弟として、仲良くしていきましょう！」

婚約者が決まるまで……ゲームがエンディングを迎えるまでは、僕がアーサーに寂しい思いなんてさせないから。

かわいい弟（仮）のためなら、お兄ちゃんは頑張るよ！

鼻息荒く誓いを立てる僕を見て、アーサーはガックリと肩を落とした。

なぜこのタイミングでため息をつくか。全くもって解せぬ。

「こいつは結構、手強いな」

吐息と共に吐き出されたアーサーの言葉は、残念なことに僕の耳には届かなかった。

「申し訳ありません。今、よく聞こえなかったのですが」

「いいや、独り言だ。気にしないでくれ」

えー、一度発言したんだから、もう一回くらい言ってくれてもいいじゃないか！……と言えないのが臣下の辛いところ。御意、と答えて引くしかない。

「ジュリアンの献身は理解できた。俺が寂しくならないように、側にいてくれるのだな」

「はい、もちろんです」

「ならば俺が求めたときは、すぐに来てくれるか？」

「当然です。あ、ただ、退っ引《のっぴ》きならない用事があるときは、すぐ御前にまいることはできませんが……」

僕だって暇じゃないんだ。候補者として受けなくてはならない授業もあるし、習得しておきたい学問もまだたくさん残ってる。資格もいろいろ取りたいし、やることは山積しているのだ。

なのにアーサーは「駄目だ」と言った。

「お前は俺の兄なのだろう？」

「はい」

「兄というのは、弟のことを慮《おもんぱか》ってくれる存在ではないのか？」

それはもちろん、そうなんだけど。

「俺はジュリアンがすぐ来てくれないと、悲しみのあまり嘆き苦しんでしまうかもしれない」

「で、でも今まで僕がいなくても、平気だったではないですか」

「兄という新しい家族、いわば心の拠り所ができた俺は、今までの俺とは違う」

えぇぇ……そんなもんなんですか？

「寂しさを拗らせて、天に召されてしまうかもしれない。兄であるお前は、弟が死んでもいいのか？」

「そんなことはありませんっ！」

「ならば俺が求めたとき、すぐに側に来てほしい。そしてできればまた、抱きしめてくれないか？」

「抱きしめ……ハグですか？」

「あ――……うん。まぁ、それでいい。誰かの温もりを感じているだけで、心が満たされて酷く安心できるからな」

僕の新しい弟は、案外甘えん坊らしい。

もしかしたらアーサーがこれまで、婚約者候補たちと厭《いや》らしい行為に耽っていたのは、寂しさを紛らわせるためだったとか？

その方法は決して褒められないし、軽蔑に値するようなことだけれど、アーサーの生い立ちやこれまでの人生を考えると、頭ごなしに否定できなくなってしまう。

だけど、これだけは言っておかなければ。

「僕でよかったら、いつでも。その代わり、一つ約束してください。これからは僕以外の人間と、軽々しく抱き合うことはお控えいただくと」

「嫉妬、してくれていたのか？」

「いいえ。そういうことではありません」

「違うのか」

「次代の王となられる方がヤリチ……ゴホン、好色で節操ない人物であるなんて悪評が広まってしまうのは、決して殿下の御為になりません。要らぬ誹《そし》りを受けたり、足下を掬《すく》われて窮地に立たされるようなことが起きたらどうします」

「どうせ在位十年の身だ。悪評が立とうが気にしない」

「ですが殿下の在位が何年かなんて、民や臣には関係ありません。重要なのは、自分たちの生活を支えてくれる国と、政治を司る王が信頼できるかどうかなのですから」

ただでさえ現在の王室は、臣からの信用が薄い。それはひとえに、アーサーを巡るあれこれに際して、王が強硬手段を取ったせいだ。

アーサーを傀儡《かいらい》しようと考えた奸臣らはもちろん、アーサーの不憫な境遇に胸を痛めた貴族も多く、彼らは王を好意的に思っていない。

しかも王は政治手腕もいまいちだ。絶望的に悪いわけではないけれど、だからといってよくもない。そんな感じ。

臣に信頼されていない王の次代が、エロいことをするしか能がないと思われたら最後、反逆を企てる者が出ないとも限らないだろう。

二代続けて王がパッとしないなんて、国民にとっては絶望でしかない。これは何も大袈裟な考えではなく、ちょっと歴史を紐解けばそんな出来事はいくらでも見つかるのだ。

この場合の反逆とはつまり、幽閉か処刑にほかならない。反旗を翻《ひるがえ》された王の末路なんて、そんなものだ。

「僕は弟が不幸な目に遭うことを望みません。どうか軽率な行動は控えて、臣や民に安寧を齎《もたら》す存在とおなりあそばしますよう」

不敬だなんだと言っていられない。

これだけはどうしても聞き入れてもらわねばと、切に切にお願いをした。

「ジュリアン……そこまで俺のことを……」

「もちろんです。だって僕は、殿下の兄（仮）なのですから！」

ことさら〝兄〟を強調すると、アーサーは一瞬目を丸くした後、盛大に吹き出した。

「ジュリアンがこんなに面白い男だったとはな」

クックツと笑い続けるアーサー。ちょっと、いくらなんでも笑いすぎじゃない？

少しムッとすると、アーサーは目尻の涙を拭きながら「悪い」と謝罪してくれた。

「こんなに笑ったのは久しぶりだ。ジュリアンといると楽しすぎて、寂しさを感じる暇すらないな」

「はぁ」

褒められたのか貶《けな》されたのかわからず、曖昧《あいまい》に返答する。

「お前のような男は初めてだ」

ようやく笑いが収まったアーサーは、眩《まばゆ》いばかりの笑顔でそう言った。

お前のような男は初めてだ――これはゲーム内で、アーサーが主人公に向かって告げたものと同じ言葉だった。

主人公に惹かれ、仲が急速に近づく合図となるセリフ。

アーサーがそれを僕に伝えたと言うことは、つまり……。

僕たちを巡る運命の輪は、このとき始まっていたのだろう。

けれど新しい弟との未来に思いを馳せていた僕は、そのことに全く気づかずにいたのだった。

◇4．諦めない心

仮初めの兄弟となって以来、アーサーの僕に対する態度は見違えるように変わった。

これまでアーサーと僕は挨拶以外の会話を交わしたこともなければ、視線が合うこともほぼなかった。

婚約者候補として王宮に来てから、ずっとこんな調子で過ごしてきて、次に脱落するのはジュリアンだと、候補者の誰もが噂していたくらいなのに。

「ジュリアン！」

ほら。アーサーは僕を見かけると、こんなふうに嬉しそうな笑顔を浮かべて近寄ってくるようになったのだ。

「殿下におかれましては、ご機嫌麗しゅう」

「ジュリアン……またそんな他人行儀な口を利いて。寂しいじゃないか」

僕の挨拶に、アーサーは悲しそうな表情を浮かべた。

あの日アーサーは僕に、殿下呼びを止めろと言った。殿下なんて他人行儀な呼び方は、兄弟っぽくないというのがその理由だ。

考えてみれば、たしかにそうかもしれない。

それにほかの候補者たちの中には彼をアーサーさまと呼ぶ者もいるし、そのことで不敬を問われていない。

でも、王族を名前で呼ぶのはさすがに厳しい。この世界に生まれ落ちてから染みついた貴族としての考えが、僕に身分をわきまえろと訴えてくるのだ。

「ですが……」

「ジュリアンは、俺を名前で呼びたくないのか？　俺は〃兄〃から名前で呼ばれたいのに」

ダメ押しのように重ねられる言葉。

弟というよりこれは、捨てられた子犬のような目だ。

しかも「兄」だなんて言われたものだから、心の奥がムズムズ擽ったくて仕方ない。僕の兄センサーが、メーターを一気に振り切ってしまうじゃないか。

あーもう！　弟、最高!!

内心悶《もだ》え転がりながら、だけど「しょうがないな」という顔を作って、

「アーサーさま」

と呼んだ。

途端にパッと明るくなる表情。嬉しさが全身から溢れ出している。

僕の弟（仮）は案外単純で、本当にかわいらしいな。へへっ。

「ところで、どうしてこちらへ？」

「ジュリアンを探していたんだ。どこへ行っていたんだ？」

「図書室へ」

「またか。ジュリアンは本当に勉強が好きなんだな」

「知識は身を守る武器になりますから」

将来に備えて、いろいろ覚えておくに限る。なんだってやっておいて損はない。

ちなみに今は、貿易関係を学んでいる最中だ。

「だが伴侶になれば、勉強なんて必要ないぞ。俺に代わって政を担うと言っている、優秀な臣下もいることだしな」

駄目だろ、それは。アーサーをお飾りの王にして、国政を手中に収めようって魂胆だろう？

なのに当の本人が、それに気づかないとは！

「お言葉ですが、殿下」

「ジュリアン……俺のことは名前で呼べと、さっき言ったばかりだが」

「いいえ！　今は敢えて敬称で呼ばせていただきます。殿下に進言した者の言うことに、耳を傾けてはなりませぬ」

「なぜだ」

「殿下を傀儡にするつもりなのですよ？」

「それがどうした」

「はっ……？」

アーサーの言葉に、僕は絶句した。

しかもアーサーは事もなげに「無駄なことはしないほうがいい」なんて、平然と言うではないか。

「天才と名高いジュリアンならわかると思うが、政治は一朝一夕でできるものではない。計画を立てて綿密な調査を行い、実行するための手筈を整える。ここまでで何年かかるか」

「規模にもよると思いますが、簡単なものでも恐らく数年は……」

「ようやく動き出したと思った瞬間に俺の在位は終了して、後には中途半端なままの計画だけが残される。従兄弟が計画を継いでくれればいいが、そうでなければどうなると思う？」

莫大な時間と金が、無駄に消費されただけで終わるだろう。

「ですが……」

「ジュリアンは以前言っていたな。俺に、臣や民に安寧を齎す存在となれと」

「はい」

「たった十年限りの王である俺は何もせず、臣下に全て任せておいたほうが国や民のためになるとは思わないか。実際、王にもそう言われているし、俺自身も納得したことだ」

「そんな……」

絶句した僕とは対照的に、アーサーは平然とした態度を見せている。傀儡の王になるしか道がないのだと、きっと何度も繰り返し説かれてきたのだろう。口惜しいとすら思っていない様子のアーサーに、僕はゾッとした。

華やかなバトル・ロイヤルBLゲームの裏側に、こんな暗部が隠されていたなんて思いもしなかった。軽薄な王子を巡って繰り広げられるエロゲーだとばかり思っていたのに、現実はこんなにもアーサーに対して残酷だったなんて……。

「……ちゃ……す……」

「んっ？」

「諦めちゃ駄目ですっ‼」

大声を上げた僕に驚いたらしいアーサーが、ビクリと体を震わせた。王族の言葉を否定するなんて、こんなの不敬だ。わかってる、それはわかってるんだ。

だけど僕は言わずにはいられなかった。

「殿下の人生は、殿下のものなんです。足掻きましょう？　たった一度きりの人生なんですから。誰になんと言われても、殿下の思うままに生きるべきです！」

「しかしだな」

「殿下は悔しくないのですか？　殿下には人生を謳歌する権利があるというのに。他人にいいようにされて使い潰される人生なんて、存在してはならないのです！　後悔したときには、すでに取り返しがつかないなんて場合もあるのですよ？」

そう……責任だけを押しつけられ、過酷な毎日を過ごすことしかできなかった前世の〝俺〟のように、鬱屈とした日々を送ったまま死んでしまうことだってあるのだ。

あのときの〝俺〟にはラブバトがあって、唯一心の拠り所になっていたけれど、アーサーは違う。

全てを諦め、何一つ手にできないまま残りの人生をただ過ごすだけなんて、そんなの悲しすぎるじゃないか。

「ジュリアン、落ち着け」

「これが落ち着いていられますか!!」

すでに弟の人生を変えた前科を持つ僕が、こんなことを言うのはおかしいって自分でもわかってる。だけど僕は、ジュリアンに幸せになってほしかったんだ。そのためなら僕自身の人生がどうなってもいいとさえ思った。決してジュリアンの未来を狂わせようと思っての行動ではない。

そしてそれは、アーサーに対しても言えること。

僕は弟（仮）がかわいい。愛しい弟を蔑《ないがし》ろにされて、黙っていられる兄がいるだろうか。いや、いない！

僕の身に流れるブラコンの血が、アーサーを守れと自らに訴えかける。

弟の不遇はこれでおしまい。今後は兄である僕が、アーサーを絶対に守ってやるっ!!

「政策が志半ばで途絶えてしまうことが不安でしたら、短期間で解決できる問題に着手すればいいではないですか」

「しかし、それを見極めることは難しいぞ」

「ならば僕がその役目を担います」

「なんだって？」

「幸い僕は、この国の政治に関して人一倍勉強してまいりました。何が問題なのか、早期解決しなければいけない事案は何か、手に取るようにわかります。どうぞ、僕をお使いください」

「ジュリアンを……？」

「ええ。僕が殿下をお支えします。だから、足掻いてください」

そして幸せになってほしい……そんな気持ちを込めて、僕はアーサーの手をギュッと握った。

「ジュリアン……」

アーサーの頬にサッと朱が走った。

「それは、俺の側にずっといてくれるということか」

「あ」

そういえば僕は、アーサーがリオンを正式に選んだ時点で、御前を離れなくてはならない身。

ずっと一緒にいるのは無理だ。

……だったら官吏《かんり》になるのはどうだろう。

本当は領地に帰る予定だけれど、ジュリアンにはロジャーがいるし……新婚家庭に小舅《こじゅうと》が居座るなんて、あまり外聞のいい話ではない。

候補者選抜が終わったら文官の試験を受けて、アーサーの右腕になるのが一番なんじゃないかな。

そうすればジュリアンたちの邪魔にはならないし、アーサーの側にもいられる。

なんて素晴らしいアイディアなんだ！

一瞬で結論を出した僕は、力強く頷いてみせた。

「もちろんです。ずっとお側においてください」

そのためには文官試験に通るよう、今よりもっと勉強しなければ。

「僕、一生懸命頑張ります。ですから殿下も諦めないでください」

「……わかった。ジュリアンが側にいてくれるというなら、俺も精いっぱい足掻こうではないか」

「殿下！」

「アーサーと、呼んでくれ」

「……アーサーさま」

ジーンと感動していると、アーサーが大きく腕を広げた。これは最近よくやる、「ハグをしてくれ」の合図だ。

本当に甘えっ子だなぁと笑いながら、僕はその胸に飛び込んだ。

「一緒に頑張りましょうね」

「あぁ、ずっと一緒だ」

将来を誓い合った僕たちは、長い間ハグし続けた。

アーサーは僕をギュウギュウに抱きしめ、髪にグリグリと頬擦《ほおず》りをしている。これも最近よくやるな。全力で甘えているのがありありとわかって嬉しいけど、僕の顔に落ちてくるアーサーの髪がちょっと擽ったくて、フフフと笑った。

「どうした?」

「幸せだなって」

こんないい雰囲気の状態で、擽ったいなんて打ち明けるのは無粋というもの。だからそこは伏せたまま、本心だけを伝えた。

弟(仮)に甘えられてる兄の僕。なんて最高なんだ。

兄センサーがギュンギュン急上昇していく。

「そうか。俺も幸せだ」

アーサーも兄(仮)である僕に甘えて喜んでいる。

ハグの威力って凄いなぁ。

服越しに感じる、アーサーの温もり。僕よりほんの少し高い体温と早い鼓動にうっとりとしながら、これからやらなければならないことを頭の中で算段したのだった。

＊＊＊＊＊

僕と約束を交わした後のアーサーは、本当に真面目になった。

まるで人が変わったようだと周囲から噂されるほどの変貌ぶりに、僕は内心で喝采《かっさい》を送った。

以前は授業の時間になると部屋を脱走して、あちらこちらで享楽に耽っていた人間が、今では教科書を開いて真摯《しんし》に取り組んでいる。

アーサー曰く「勉強なんてやったところで、俺には無駄になるだけだから」とのことだったけれど、僕の必死のケツ叩き……もとい説得により、目が覚めてくれたようだ。

人生の全てを諦めていた抜け殻の王子さまは、ようやく自分の人生を取り戻し、一歩ずつ前に進むことを決意したのだろう。

そして今アーサーは、僕と二人きりの勉強会を開催。毎日、勉学に勤《いそ》しんでいる。

アーサーにもちゃんと教師がついていたのに、以前の彼があまりにも不真面目だったため、気づけばいなくなっていたらしい。

「教師がいなくなったことに関して、言及する者はいなかったのですか」

「もちろん。王ですら何も言わなかった。だから俺もそれでいいと思っていた」

お飾りの王にするつもりのアーサーに、そこまでしなくてもいいと考えたのか。それほどまでに、アーサーの将来を思いやれる人間がいなかったなんて。

正直、頭が痛い。

アーサーがその状態を素直に受け入れていたことも、問題に拍車をかけたのだろう。

だけど今はやる気になっていることだし、今すぐ教師をつけるように進言を……と思っていた僕を、アーサーが止めた。

「俺は恐らく、小さな子どもが習うような初歩の初歩から学ばなければならないだろう。この年になって何もわからないことを、あまり人に知られたくない」

「ですが教師は必要ですよ？」

独学も可能だが、アーサーは一流の教師を招くことのできる立場なのだ。その権限をフルに使ったほうがいいに決まっている。自習するより教師に教わったほうがより早く、よりたくさん覚えることができるだろうから。

「その意見には賛成だ。何しろ俺は、自分が何がわからないのかすら、把握できていないのだからな」

おぉぅ……そこまでか。

「だがやはり、何もわからない自分を人に知られることは、プライドが許さない。そこでだ。ジュリアンが、俺に勉強を教えてくれ」

「僕ですか!?」

「筆頭候補者との呼び声が高いジュリアンならば、俺に教えることくらい造作ないだろう？」

「ですが教師には遠く及ばないと思いますし……それに、いち候補者の分際で、殿下に」

「アーサー」

「……アーサーさまに勉強を教えるなど、不敬ではないですか？」

「ほかの者ならいざ知らず、天才の呼び声高いジュリアンだ。誰も反対しないだろうさ」

本当に反対されなかった。

むしろアーサーの意欲が急上昇中の今、下手に反対してやる気を削ぐようなことがあってはならないからくれぐれも頼むと、アーサーさま付きの侍従に力説され、結局は僕が勉強を教えることになったのだ。

そして僕たちは今、椅子を隣同士に並べて仲良く勉強中というわけで。

侍従が用意してくれた、大人が横一列に五人並んで座れるくらいだだっ広い勉強机で、隣り合って座る僕たち。

最初僕は向かいに座ろうと思っていたのに、アーサーがそれを強く止めた。

「何かわからないことがあったとき、すぐに聞くためには隣同士が一番だろう？」

対面でもすぐ受け答えできると思うんだけど、

「ジュリアンが隣にいてくれたほうが集中できるから」

と主張するアーサーに押し切られる形で、隣り合って座っているというわけだ。

だけどちょっと、くっつきすぎじゃない？　僕の二の腕に、アーサーの腕がたまに当たるんだけど。こんなに近くて、書きにくかったりしないかな？

少しだけ椅子をズラして間を空けようとすると、なぜかアーサーが寄ってきた。

「アーサーさま……ちょっと接近しすぎのような気が」

「そうか？」

「腕がぶつかるのは、本当に申し訳なく……」

「気にするな。それに俺は、ジュリアンと少しでも触れ合っているほうが、心が安定して勉強が捗《はかど》る」

「そ、そうなんですか？」

「間違いない。ジュリアンが迷惑でなければ、ずっと触れていたいくらいだ」

「迷惑だなんて、そんなことは！」

「だったらこのままの距離でも問題ないな」

なんだか丸め込まれたような気がしないでもないけれど、二の腕同士がくっつくくらいで集中力が増すのなら、ゼロ距離だって構わない。たしかに学力はメキメキと上がっているから、結果これでよかったのだろう。

アーサーは意外なことに、一を聞いて十を知るタイプだったのだ。地頭が相当いいんだと思う。

　今までこの才能を性技方面に全振りせざるを得なかったのかと思うと、なんとなく悔しくて堪らない。

「ジュリアン。この箇所なんだが」

「ツィミーテ第三王朝時代ですね」

「この当時描かれた地図を見ると、川の形が違うようなのだが」

「それはですね……」

　勉強部屋に、僕たちの声が響く。

　穏やかに流れる時間。まさかアーサーとこんなふうに過ごせる日が来るだなんて、前世の記憶を取り戻したときには考えもしなかった。

　チラリと視線を移すと、真剣な表情で教科書を見つめるアーサーの横顔が見える。

　窓から差し込む日の光に照らされて、キラキラと輝く茶金の髪。煙るような睫毛《まつげ》の奥にあるヘーゼルの瞳にスッと通った鼻筋、そしてシャープな顎のライン。

　彫像のように美しい横顔に、心の中で感嘆の息をついた。

　以前は軽薄にしか見えなかったけれど、勉学に真面目に取り組むアーサーが、心なしか精悍《せいかん》さを増しているように思えるのは、僕の気のせいだろうか。

　思わず見惚れてしまうほどの美しさ。さすがはゲームの攻略対象者というべきだろうか。

本当に綺麗だなぁ……なんだか胸がドキドキしてきた。

「ジュリアン？」

しげしげと見つめていた僕に、アーサーが不思議そうな顔をした。

「俺の顔に、何かついているか？」

「い、いえっ！　なんでもありません」

「なんでもないと言うわりには、随分長い間見ていたようだが？」

「そ、それは……大切な勉強時間に気を抜いてしまって、申し訳ございません！」

「別に咎めているわけではない。ただ、そんなに熱い視線を向けられたら……いろいろと困ってしまうだろう？」

「困る？」

って、何が？

アーサーが発した言葉の意味がわからず、思わず小首を傾げた。

「あれだ、ほら……まあ、いろいろだ。ジュリアンも男なら察してくれ」

そうは言われても、わからないものはわからない。全く見当もつかないのだ。

途方《とほう》に暮れた僕を見て、アーサーがクスリと笑った。

「ジュリアンでもわからないことがあるのか」

「それは当然です。僕はまだ道半ばですし、官吏の登用試験に受かるかどうかも怪しいくらいの実力なのですから」

「……ちょっと待て。官吏だと？」

「はい」

「なぜジュリアンが登用試験を受けるのだ」

「アーサーさまのお側で、お役に立つためです！」

堂々と胸を張って答えたのだが、アーサーはまるで信じられないものを見るような目で僕を向けた。

「俺の役に立つために、官吏になる？」

「はい！　それが最善の方法だという結論に至りまして」

「いやいやいやいや、ちょっと待て」

アーサーは僕に背を向け、何やらブツブツ呟き始めた。

突然の挙動不審。どうしたというのだろう。

「ジュリアン」

クルリと振り返ったアーサーは、僕の肩をガシッと掴んでゆっくり口を開いた。

「ずっと一緒にいてくれると、約束したよな？」

「ええ。ずっとお側におります」

「そのために、官吏を目指すと」

「はい。僕はアーサーさまの右腕として、お役に立てたらと思います」

「俺の伴侶になってくれるのではないのか？」

「はいぃ？」

え、なんでそうなるの？

あっ、わかった。僕が婚約者候補だから、アーサーはそんなふうに思ったんだな。

でも大丈夫。ほかの候補者ならともかく、僕にはそんな野心はない。

それにアーサーだって、僕みたいな男はタイプじゃないだろう？

こんな意味のことを遠回しに伝えると、アーサーはガックリと項垂れた。

「アーサーさま？　どこかお加減でも……」

「いいや、大丈夫だ。ただ、自分の勘違いに落胆《らくたん》しただけだ」

勘違い？　一体何のことだろう。

意味がわからず、オロオロするばかり。

「だが、これでよくわかった。ジュリアンが一筋縄ではいかないタイプだということがな」

「は？」

「しかし、わかったのが今でよかった。これがもっと後ならば、取り返しがつかないことになっていたかもしれん」

何か一人で納得しているようだけれど、いい加減、僕にもわかるように説明してほしい。

説明を乞おうか迷っていると、アーサーが大きなため息をついた。

「思うにこの状況に至ったのは、俺のこれまでの行いが悪かったのだ。そこは大いに反省しよう。そしてジュリアン。お前は以前、諦めない心が大切なのだと言ったな」

「え、はい……それはもちろん、そうですけど」

というか、なぜ今このタイミングで、諦めない心？

話の脈絡《みゃくらく》がなさすぎて、余計に混乱してしまう。

「ならば俺は絶対に諦めない。今まで以上に頑張って、絶対この手に掴み取ってみせるぞ」

「はぁ」

突然の諦めない宣言。最後の最後までアーサーの真意が掴めないまま、それでもとりあえず返事だけはした僕なのだった。


僕とアーサーの日々は穏やかに過ぎていき、多少スキンシップが増えたかな？　という気がする以外は、静かな日常を送っている。

スキンシップに関しては、事あるごとに髪を触られたり腰を抱かれたり、ハグの頻度も増えたけど、これはアーサーが僕——兄（仮）に対して、ますます心を許してくれた証拠だろうと喜んでいる。

弟に受け入れられ、愛される兄……これぞ世界中のブラコンが目指す、最終到達地点ではないだろうか。

その頂《いただき》に、僕は登りつめたのだ。魑魅魍魎が跋扈《ばっこ》するエロ魔窟に、こんなボーナスステージが待っていたとは思いもしなかった。

人生って、つくづく不思議なものである。

こんな最高の日々がいつまでも続いてくれればいいのにな……と考えていた僕だけれど、そういうわけにはいかないようで。

僕たちが二人きりで勉強をしていることに、ほかの候補者たちが非難の声を上げたのだ。

「どうしてジュリアンだけが、アーサーさまと勉強会を開いているの？」

「ボクだって殿下と一緒にお勉強したいのに」

「ジュリアンがアーサー殿下に勉強を教えている？　たしかに彼は天才と呼ばれているけれど、私たちだって厳しい教育を受けてきたんだ。アーサー殿下に勉強を教えることなど造作ない」

「ちょっと頭がいいくらいでアーサーさまを独り占めなんて、ジュリアンは卑怯《ひきょう》だ！」

「抜け駆けしようったって、そうはいかないんだから！」

さらには「勉強とかいいながら実はセックス三昧とか。二人きりで散々ヤリまくりなんじゃないの？」なんて下世話な陰口を聞こえよがしに言う候補者もいて、腹立たしいことこのうえない。

「せっかくアーサーさまが真面目に取り組んでいるというのに、邪推するにもほどがあるっ！」

「まあ、そう思わせるようなことを、俺はこれまでしてきたからな。仕方のない話だろう」

当のアーサーは特に怒りもせずに、苦笑いするばかり。

「笑っている場合ではありませんよ？　アーサーさまの名誉を傷つけているも同然ではないですか！」

アーサーは生まれ変わったのだ。

抜け殻だった過去と決別し、新たな未来に向かって歩み始めたというのに。

そのことに、誰も目を向けようとはしない。目を向けているのは『今までの行い』、この一点のみだなんて。

そんなの……僕は……。

「僕は悔しいですっ!!」

「ジュリアン？」

過去の行いなんてさして重要じゃない。大切なのは〝現在〟と、今が創り上げていく〝未来〟だろう？

そこには一切着目せずに、過去ばかりを見て頭ごなしに否定してどうするんだ!!

憤りすぎてカッとなった僕の両目から、涙がボトボト零れ落ちた。

「ジュリアン……俺のことで、そんなに怒るな」

未だ流れる涙を拭こうと近寄ってきたアーサーから、敢えて一歩距離を取る。

「ジュリアン？」

「これが怒らずにいられますか。アーサーさまを軽んじていい人間なんて、この世のどこにもいないのですよ？　候補者とはいえアーサーさまのお側に侍る者が、現在のお姿に気づけないとは情けない。過去にばかり気を取られて、その先を見通す力がないと言っているようなものではないですか。そんなの候補者失格だ！　そんな人間に僕のアーサーさまを任せることなんてできません!!」

「僕の、アーサー」

アーサーがゴクリと喉を鳴らしたことに気づかず、僕は怒りのままに湧き上がる気持ちを一気に吐き出した。

「それだけじゃありません。自分自身を卑下するアーサーさまにも、僕は怒ってるんです!!」

「俺にも!?」

「アーサーさまが懸命に努力されていらっしゃること、隣でずっと見守ってきた僕はちゃんとわかっています。なのに自らがご自身を否定する言葉を吐かれるなんて、僕には信じられません!!」

「ジュリアン、少し落ち着け」

「落ち着いてなどいられますか！　どうして『仕方ない』なんておっしゃるんです。足掻くと決意して努力を重ねられたご自分を、自ら蔑ろにするようなことを言ったりして」

涙どころか鼻水までダバダバ流しながら、僕はアーサーを非難した。

不敬とか言ってられるか。だって本当に悔しかったのだから。

懸命に努力しているアーサーの存在を、誰も見てくれないという事実が、ただただ悲しい。

真剣な眼差しで教科書を読むアーサーの、美しい横顔を思い出して、両の目からさらに涙が溢れた。

「ジュリアン……」

「来ないでください！　僕は本当に怒ってるんですから!!」

目の前に迫るアーサーから逃れようとするも、アーサーはいとも容易《たやす》く僕を捕まえて、ギュッと抱きしめた。

「ジュリアン……すまなかった」

耳元で囁かれて、さらに涙が溢れてくる。

「どうやら俺は、諦める癖がついてしまっているらしい。他人からどう思われたって構うものかという考えが、染みついているのだな」

「そんな悪い癖は、早く直すに限ります」

「すぐには直らないと思うが、できるだけ善処しよう。だがそのためには、やはりジュリアンが必要だ」

「……？」

「俺の周りには、ジュリアンのように、道を示してくれる者は誰一人いない。皆、俺の顔色ばかりを窺《うかが》って追従するだけだ。だから俺はまた、自分でも気づかないうちに己を卑下してしまうことだろう」

「それは……」

「だから俺がまた自分を蔑ろにしそうになったら、ジュリアンに叱ってほしい」

「……不敬では、ないですか？」

「何を今さら！」

僕の言葉を聞いた瞬間、アーサーは盛大に吹き出した。

そりゃあこの前から、ちょっといろいろ言いまくっているから、不敬なんて今さらかもしれないけどさぁ……。

でもちょっと笑いすぎじゃない？

「やはりジュリアンは面白い男だな。〝氷華の君〟の正体が、実はこんなに熱くて面白いやつだったなんて」

「そのあだ名で呼ぶのはやめてください……」

「いや、ジュリアンにピッタリではないか。口数は少ないし、ほかの候補者たちと違って一切媚《こ》びる様子もない。しかもいつも冷めた目で俺を睨んでいたから、相当嫌われていると思ったくらいだ」

ギクリ。す、するどい……。

いや、少し前まではたしかに大嫌いだったんですけど……。

「で、でも、その」

「だからあのときも、声がかけられなくて」

「あのとき……？」

「候補者たちが王宮に来てしばらく経ってからだったか。裏庭で一人佇むジュリアンを見かけたことがあってな」

「あっ」

それは大勢の候補者たちから嫌がらせを受けていた頃。あまりの辛さに耐えられなくなると、僕はよく裏庭に逃げていたのだ。

「ジュリアンの周囲には、たくさんの小動物たちが集まってきて。優しい笑みを浮かべながら動物たちを愛でるジュリアンは、とても輝いて神々しいほどだった」

当時はパン屑をたっぷり用意して、モフモフを集めてたんだっけ。だってモフモフが触りたかったんだもん。癒やされたかったんだもん。

そんな僕の欲望に塗《まみ》れた行為も、なぜかアーサーには神々しく見えてしまったらしい。

しかも相手は、自分から一番距離を置いて近づこうともしないジュリアン・ボーモント。恐らく自分を嫌っているだろう相手の意外な一面を見てしまったアーサーは、以来目が離せなくなったのだと語った。

『ジュリアンをずっと見てきた、俺にはな』

以前そう語ったアーサーが、頭の中に蘇る。あれは候補者だからという意味ではなかったのか。

「てっきり僕に興味がないのだとばかり思っていました」

「逆だ、逆」

アーサーは僕が彼を嫌っていることを察知して、敢えて関わり合いになることを控えたらしい。

「そのほうが、ジュリアンも心穏やかに過ごせると思って」

え、何その気遣い。

残念ながら候補者たちとの密会現場を何度も目撃したせいで、心は全く穏やかじゃなかったけれど、それにしたってアーサーが僕のためにそこまで考えてくれていたなんて。

感動が突き抜けたせいか、なんだかムズムズと落ち着かない気持ちになる。

「今は僕、アーサーさまのことを嫌ってなどいませんよ？」

「本当か？」

「もちろんです。たくさん努力して、かっこいいアーサーさまをたくさん見てきましたから。嫌いになんて、なれません」

「そうか……じゃあジュリアンは俺のことが、好き……か……？」

「もちろん大好きです！」

「……っ!!」

「だってアーサーさまは僕のかわいい」

「弟（仮）なのだよな。ああ、わかっているぞ。ジュリアンがそういう男だってのは、よーっくわかってる」

ガックリと項垂れたアーサー。なんだか落ち込んでるみたい？

「いや、でも今はそれでいい。マイナスからのスタートだったのだ。今は弟（仮）の位置に甘んじているが、婚約者決定の頃までにはなんとか挽回できるに違いない」

なんだか物凄い早口で呟くから、ちゃんと聞き取れなかったけれど「それでいい」だけはわかった。

それってアーサーも、僕が兄（仮）であることを喜んでるってことだよね？

兄であることを……。

そう思った瞬間、なんだか妙に胸がざわめいた。けれどその原因について深く考えてはいけない気がした。自覚したら最後、後悔するような……。

だからざわめきは無視して、満面の笑みを浮かべるアーサーに、僕も微笑みを返したのだった。

とまぁ、こんなふうに互いの心をたしかめ合って、僕らの兄弟愛はより強固なものになったのだけれど、そもそもの問題が解決しているかというと、それはまた別の話なわけで。

アーサーと勉強会を開くたびに、ほかの候補者たちからの文句は大きくなっていき、ついにそれは王の耳にも届いてしまったらしい。

ならば皆がアーサーと勉強をすればよいではないか、との一言から急遽、候補者五人で日替わり勉強会を開くことが決定。

あ、そうそう。ここしばらくは六人だった候補者だけど、最近一人脱落したのだ。

去ったのは、セックス三昧と暴言を吐いた男。真面目に頑張るアーサーに対して、あんなことを言うやつは候補者に相応しくない。完全に自業自得だ。

この件があったせいか、ほかの四人の候補者たちもアーサーとの勉強会では、ひたすら真面目を貫いているらしい。

初めのうちは、皆ちゃんとアーサーに勉強を教えられるのかとオロオロしたものだけれど、そこは腐っても厳しい教育を乗り越えてきた候補者たち。アーサーの質問に、的確に答えられるだけの実力を持っていたようだ。

何か問題が起きたというような話は聞かないし、アーサー自身も、

「ちゃんと勉強しているぞ。不埒な行為は一切していないし、無駄口だって叩いていない。嘘

だと思うなら立ち会っている騎士に確認してくれてもいい!!」

と強く言うくらいだから、信用できるだろう。

アーサーの勉強が滞《とどこお》りなく進んでいるのは嬉しいし安心したけれど、それと同じくらい寂しさが募っていく。

これまで毎日アーサーと二人で勉強していた時間が、今は一人きり。

アーサーとは一週間に二度、僕の勉強会当番日と、恒例で行われているアーサーとの触れ合い会で会えるのみ。

勉強会で無駄口を叩くなど言語道断だし、触れ合い会ではアーサーとの接触が格段に減った候補者たちが我先にとアーサーの元に駆けつけるから、僕が割り込める余裕はない。

「ジュリアンもおいで」

と、アーサーが声をかけてくれるけれど、綺麗な華の中に僕みたいな人相の悪いやつが入るのは、さすがに烏滸《おこ》がましいだろう。浮きっぷりが半端ない気がしてならない。

それに……常に自分を美しく磨いている彼らの中にいる僕を見て、アーサーが愛想を尽かすのではないかという不安が常につき纏う。

見捨てられたくない。アーサーが離れていくのが怖い。

以前は考えもしなかった思いが胸の奥底で渦巻いて、静かに身の内を焦がし続けているような感覚に陥る。

――本当に、なんなんだ……。

自分の心が、全くわからない。

官吏の登用試験を受けるために、僕自身も死ぬ気で勉強しなければならないというのに、なんだかちっとも身が入らなずにいる。

真っ白なままのノートを見て、ため息をつく。

「寂しいな……」

思わず漏れた言葉は、部屋の空気に溶けて消えた。

会いたい。アーサーに会いたくて堪らない。

こんな気持ちは、ジュリアンと別れて暮らすようになったときに感じて以来。いいや、今回のほうがもっと酷いかもしれない。

なんなんだろう、この気持ちは……。

本当の弟に抱いていたものとは似て非なるもの。

ジュリアンはとにかく愛らしくて、側にいるだけでデレデレのメロメロ。庇護欲もギュンギュン上がりまくっていた。

だけどアーサーに対しては、ちょっとしたことでも胸が疼《うず》く。

彼が他者に蔑ろにされていることがわかると、自分でも手がつけられないほど怒り狂うし、彼にとっていいことが起きると自分のことのように喜んでしまう。

感情の制御が全くできない。

名状しがたい気持ちに胸が痛んで、ため息が止まらない。

なぜこんな気持ちになるんだろう。

ブラコンを拗らせすぎた弊害？　いや、でも違う。

ジュリアンが婚約したと聞いたときですら、こんな不可思議な気持ちにはならなかったのに。

突然芽生えた新たな感情に戸惑うばかり。

だけど、ただ一つだけハッキリ言えること。

それは。

――アーサーに会いたいな……。

ただそれだけだった。

＊＊＊＊＊

アーサーがほかの婚約者候補たちとも学習を始めて、はや三週間。

僕はその間、言いようもない孤独感を抱きっぱなしだった。

シクリと痛み続ける胸を押さえながら、途方に暮れる中やってきた僕の勉強当番日。

いつもは真面目に取り組んでいるアーサーが、珍しく雑談をしてきた。

「一ヶ月後にパーティーが行われるだろう」

王は社交好きな方で、何かと理由をつけては王宮舞踏会などを開催している。その頻度は大体三ヶ月に一回程度。どうりでゲーム内で何度もパーティーのシーンが出てきたわけだよ。

今回はたしか、温室でシンビジウムが栽培されるようになって五年目を祝う会だったっけ。ダンスホールいっぱいにシンビジウムの鉢を置いて、その中でパーティーを行うんだとか。

……平和だな、うん。

「それでな、ジュリアン。よかったら俺に、蘭をモチーフにしたアクセサリーを贈らせてもらえないだろうか。それからエスコートも……」

「えっ」

アーサーが、僕に？　贈り物を？　それにエスコート？

そんなことを言われたのは初めてで、僕は心臓が口から出るのではないかと思うほど、ドキドキしてしまった。

昔からアーサーは、パーティーの際は候補者全員に贈り物をしている。

アクセサリーや小物、衣裳まで贈ってくれたこともあった。

みんなとても喜んでいたけれど、僕だけは受け取らずにそれを返していたのだ。

アーサーからの贈り物を受け取るのが、嫌だったということもある。しかもそれらを選んでいるのはアーサーの侍従で、購入代金は国庫から出ていると知って、さらにもらう気がなくなってしまったのだ。

『王族ならばともかく、ただの候補者である自分のために国民の血税を使うのは、いかがなものかと。今後は僕に対して、贈り物は一切不要です』

そんなことを侍従に告げたところ、それ以来僕の元に贈り物が届くことはなくなった。ついでに持ち回り的に行われていたエスコートの順番も当然なくなって、当時の僕はせいせいしていたっけ。

「贈り物もエスコートも、ジュリアンは嫌かもしれないが……」

過去に拒絶したことで、アーサーは少し臆病になっているのかもしれない。随分とへりくだった言い方に、申し訳なさを感じてしまった。

「嫌ではないです。でも、お気持ちは嬉しいのですが……」

「やっぱり、駄目か？」

ションボリするアーサー。だけどそうじゃないんだ。

「実は今度のパーティーは、欠席することが決まっておりまして」

「なんだって？　そんなこと聞いてないぞ。どうして出席しないんだ」

「侍従長にはすでに話したのですが、実はおと……兄の結婚式があるのです」

ついこの前、婚約を結んだと思っていたジュリアンが、実は半年ほど前に婚約式を終えていたのだと知らされたのは、最初の手紙が届いてから数日後のことだった。

二通目の手紙には結婚式の日取りまで書いてあり、僕が結婚を反対するのではないかという不安から、ギリギリまで知らせなかったと謝罪する文章が綴られていた。

まぁね、婚約したって知ったときは怒り狂ったり落ち込んだり、内心は大変な騒ぎだったもんね。

もう少し怒りゲージが振り切れていたら、すぐさま領地に飛んで「結婚はんたーい!!」と雄叫びを上げていたかもしれない。

ジュリアンに対する僕の愛をよく知る家族は、それを懸念《けねん》したのだろう。返す言葉もございません。

僕ら候補者は、選抜中はよほどのことがない限り、王宮を出ることができない決まりになっている。ただし冠婚葬祭はさすがに例外で、特に今回はボーモント領の次期当主の結婚式だ。外出届はすぐに受理された。

手続きを済ませ、侍従長とは勉強会の日程変更なども相談していたのだけれど、あまりにプライベートなことすぎて、アーサーに報告することが躊躇われたのだ。

それでもそろそろ言わなきゃな……と考えていたところなので、今がちょうどいい機会だったというか、なんというか。

「結婚式はいつなんだ?」

「パーティーの翌日です」

「ジュリアンの実家はたしか、王都から馬車で片道二日かかるのだったか」

「はい。できれば結婚式の前々日くらいには到着して準備をしたいところですし、そうなるとパーティーに出席するのは難しくて」

まさか僕がパーティーに出られないとは思わなかったのだろう。アーサーは呆然とした表情で、僕を見つめた。

「本当に、申し訳ございません……」

「い……や、そういう理由なら、仕方ないな、うん……」

口ではそう言うものの、アーサーが酷く落ち込んでいるのは目に見えてわかる。

それだけに、罪悪感がいっそう募っていく。

「……実の兄の結婚式には、どうしても出なければならないよな？」

「それは、まぁ。人生でたった一度の結婚式ですから」

中には結婚離婚を何度も繰り返す人もいるけれど、ジュリアンはそういうタイプじゃない。愛する弟の生涯ただ一度きりの晴れ姿を、しかとこの目に焼きつけたい。

だけどアーサーのこんな顔を見ていると、後ろ髪引かれるのも事実なわけで。

「申し訳ございません……」

謝罪の言葉を再度口にした。

「いや、本当にいいんだ。パーティーはまた何度だって行われる。そうだ。今度行われる俺の誕生パーティーでは、エスコートさせてくれないか」

「えっ……」

驚きで、胸がドクンと高鳴った。

誕生パーティーだなんて大きなイベントで、僕がアーサーのパートナーに？

ファーストダンスも一緒に踊るってことだよね。腰を抱かれて体を密着させて……なんて考えただけで、恥ずかしくて身悶えしそうだ。

「僕で、いいんですか？」

「当たり前だ。俺のパートナーは、ジュリアンしかいない。それとも俺がパートナーでは不服か？」

「そんなことありません！　むしろ嬉しいくらいです！」

答えた途端に、顔がポッと熱くなる。

「じゃあ決まりだな」

嬉しそうに笑うアーサーに、コクコクと何度も首肯する。

「約束したから……ちゃんと帰ってくるよな？」

ん？　なぜそんなことを聞く？

頭の中で疑問符が飛び交う僕にアーサーは「だってジュリアンは兄が大好きだろう」と言った。

拗《す》ねた子どものように口を尖らせ、「俺の元に戻ってこないのではないかと心配だ」とボソボソ話すアーサーを見て、僕の胸は再びギュンギュン唸る。

やだもう、なんでこんなにかわいいのっ!!

「大丈夫ですよ。ちゃんと戻ってきますから」

「本当だな?」

「はい。ちゃんとアーサーさまの側に戻ってまいります。ずっと一緒って、約束したでしょう?」

そう言った僕を、アーサーはギュッと抱きしめた。

弾みで机に広げたままになっていたノートが、バサッと音を立てて床に落ちる。

拾わなきゃ。

そう思うも、久しぶりに感じたアーサーの温もりが心地よすぎて、体を離す気になれなかった。

「信じていいのだな?」

「もちろんです。僕は絶対に、約束を破ったりは致しません」

「ならば今回は諦めるが……ああ、だがしかし」

「まだ何か、ご懸念が?」

「いや、ただジュリアンのいない数日間を思うと、寂しくて涙が出そうだ」

大袈裟な物言いにプッと吹き出した僕にアーサーは「笑うことないだろう」と不満を漏らす。

「申し訳ありません。ですがちょっと面白くて。だって僕が不在にするのは、たった数日ですよ？」

「そのたった数日が耐えられない」

「もう……じゃあ、これをお持ちください」

ポケットから取り出したのは、一枚のハンカチーフ。

「ジュリアンの匂いがする」

ハンカチを鼻に押し当てて、恍惚とするアーサー。ますます犬みたいで、僕はクスクスと笑った。

ほかの人がやったらきっとドン引きするであろう行為も、アーサーがやるとかわいく見えるから不思議だ。

僕の頭は、どうかしてしまったのかもしれない。

「寂しくなったら、これを見て僕を思い出してください。そうすれば寂しくなくなるかもしれませんよ」

「……自信はないが、帰ってくるまで耐えることにしよう」

力なく呟いたアーサーの背中に腕を回し、キュッと抱きしめる。

僕より相当広いはずの背中が、なんだかかわいく思えて仕方なかった。

＊＊＊＊＊

それから約一ヶ月後。

ジュリアンの結婚式に出席するため、僕は王宮を後にした。

馬車に乗り込む僕を見送ってくれたアーサーは、やはり寂しそうな顔をしていたけれど、引き留めることはしなかった。

「できるだけ早く帰ってきますね」

「約束だぞ。ジュリアンを信じているから」

力強く頷くと、アーサーの顔にようやく笑みが戻った。

結婚式が終わったら、すぐに戻ってこよう——そう決意した僕を乗せた馬車は、ゆっくりと領地に向かって進んでいく。

道中は特にトラブルもなく、二日後には無事に領地へと辿り着いた。

「デリック！」

屋敷に入るとすぐに両親が駆け寄ってきた。

四年ぶりに会った二人は、記憶の中よりも少し老けて見え、離れていた時間の長さを実感して胸が詰まった。

「顔をよく見せて。あぁ、もうすっかり大人になって」

「母上……」

言いながら僕の顔や髪を撫でる母。その目に涙が浮かんでいるのを見て、僕も鼻の奥がツンとした。

「元気だったか？」

「はい、父上。それよりジュリアンは？」

「デリックは相変わらずだな。ジュリアンは式の打ち合わせで教会に行っているんだ。でもそろそろ戻るんじゃないか？」

「それまでお茶でも飲みながら待つことにしましょうよ。お城での話を聞かせてちょうだい」

母に手を引かれて居間に行くと、そこにはすでにティーセットが用意されていて、僕の大好きなリソルという菓子も並んでいた。

リソルは半月型に形作ったパイ生地の中に、リンゴや干しぶどうなどの果物類を詰めて油で揚げたもので、僕は子どもの頃からこれが大好きだったのだ。

僕の好物を用意してくれていたことに感動してしまう。

「明後日の準備で慌ただしくしているから、たいした物は用意できなくてごめんなさい。お城のお菓子を食べ慣れたデリックの口に合うかしら」

「合うに決まっているじゃないですか。それにリソルは城では出ないから、とても嬉しいです」

アーサーの婚約者候補である僕たちに出される菓子は、砂糖や卵をふんだんに使ったゴーフル《ワッフル》やダリオル《エッグタルト》など甘々なものが多く、リソルのような素朴なものはなかなかお目にかかれないのだ。

　我が家の菓子職人ご自慢のリソルに手を伸ばし、一口頬張る。

　サクッとしたパイ生地の中から、煮溶けたリンゴがツルッと口に入り込んできた。爽やかな酸味の中に、柔らかくなった干しぶどうの濃厚な甘さが混じり合い、深い味わいを醸し出している。

　甘味料は砂糖代わりの蜂蜜を少々。あとはフルーツの甘みだけ。くどくない味わいは、飽きることなく何個だっていけちゃうくらいだ。

　アーサーもこれなら食べられるかもしれない。

　彼は甘すぎる菓子が苦手みたいで、触れ合い会でもお茶にしか口をつけない。城で出される物は一流品だし、本当に美味しいけれど、水分ばかり摂取しているのは少し心配だ。胃酸過多で胃を壊しかねない。

　だけどリソルみたいに素朴なお菓子なら、きっと大丈夫なはず。お茶ガブ飲みによる胃炎の心配は減るだろう。

　そんなことを考えながら、夢中になって食べる僕を見た母は「あまり食べすぎると、晩餐《ばんさん》に響くわよ」と笑った。

「はぁい」と言いながらも最後に一つだけ、パクリと一口放り込む。

こういう何気ないやり取りが、嬉しくて堪らない。

あぁ……やっぱり実家はいいなぁ。

そんなことをしみじみ感じ入っていると、不意に屋敷全体がザワザワと騒がしくなった。次いで聞こえる、誰かが廊下を走る音。それは次第に大きくなって、こちらに向かっていることがわかった。

——もしかして。

パタパタ響く足音に、心臓が早鐘を打つ。

勢いよく扉を開けて中に入ってきたのは、思ったとおりの人物。

「兄さま!!」

「ジュリアン!!」

フワフワの淡い金髪を靡《なび》かせながら登場した、僕の天使。

幼い頃は宗教画の子ども天使が現世に舞い降りたような、愛らしくも尊い容姿をしていたのが、会えなかった四年の間に神のごとき美丈夫へと変貌を遂げていた。

あぁ、なんて神々しい……。

荒い息を吐くたびに大きく上下する分厚い胸板と、ガッチリした二の腕。

そして見上げるほどに高い身長……って……え?

「ジュリ、アン？」

目の前に立つ美神は僕の身長をゆうに超えて、頭一つ分くらいは高くなっている。しかも心なしか、随分と逞《たくま》しい肉体になっていないか？

え、ええ、えええええっ!!

ゲームに出てきたジュリアンは、嫋《たお》やかでほっそりとした白皙の美青年だったはず。

顔はたしかにジュリアンの面影を濃く残しているのに、肉体が全くの別物に変貌しているせいで、僕は激しく混乱した。

「ジュリアン、だよな？」

「そうですよ。弟の顔をお忘れですか？」

声もゲームより低くなってない!?　え、この声優さん、こんな低い声も出せたんだ……じゃない！

どうして？　なんで全然変わっちゃってるの!?

もう、全く意味がわからない。

激しいパニックに陥る僕を、ジュリアンが心配そうに覗き込む。その後ろでは両親も心配そうに僕を見ている。

「兄さま、どうされました？」

「い、いや。ただ……なんだかとても、立派になったなぁと思って……」

ジュリアンを見上げながら呆然と呟くと、彼は照れたように微笑んだ。

「あれから急に成長したんです」

自然豊かな領地。美味しい空気。新鮮な食事。

それらの全てがジュリアンの成長を、爆発的に促したらしい。

あとは適度な運動。何しろ都から馬車で二日の超田舎だから娯楽が本当に少なくて、子どもたちはもっぱら野山を駆けずり回って遊ぶのだ。

ある程度大きくなってからは乗馬の訓練が始まり、乗りこなせるようになると狩りに連れて行ってもらえる。

一方、都人《みやこびと》はのんびり優雅に過ごすことをよしとし、動くときはもっぱらダンスくらい。乗馬もできるが嗜み程度の者が多い。

自ら馬を操るよりも馬車に乗ることが主流の都人より、地方在住の貴族のほうが当然のように運動量が多く、それが成長を促す要因になっているのかもしれない。

ゲームのジュリアンは、思うように運動できない生活のせいで華奢な体をしていたのだろう。

そして恐らくそれは、僕にも言えることで……。

候補者の中では身長が一番高い僕が、まさか二歳下の弟より小さかったなんて……。

兄弟の成長格差に、僕はその場に頽れそうになるほどの、強い衝撃を受けた。

候補者の中では身長が一番高いと言われる僕が、まさか二歳下の弟より小さくなってしまったなんて……。

兄弟の成長格差に、僕はその場に頽れそうになるほどの強い衝撃を受けた。

「兄さま？　どうなさったのです？」

「い、いや……なんでもないよ」

兄のプライドにかけて、落ち込んだ姿を見せるわけにはいかない。だからなんでもないふうを装って、

「ジュリアンが立派になったから、感動していたんだ」

と言った。

「兄さまはとても素敵になられましたよね。こんな田舎にも、兄さまの評判は届いておりますよ」

「評判？」

「ええ。アーサー殿下の筆頭候補者、〝氷華の君〟って！」

よりにもよって、その呼び名っ!!

まさかかわいいジュリアンの口から恥ずかしい二つ名を聞くとは思わず、僕は今度こそその場に頽れた。

「兄さまっ!!　どうなさったんですか！」

「ジュリアン……そのあだ名は二度と言わないでくれ……」

「どうしてですか？　いつもクールで美しく、頭脳明晰なうえに気品溢れる〝氷華の君〟は、今や国中の憧れなんですよ？　そんな凄い人がボクの兄だなんて」

本当に信じられないくらいだ……そう言ってジュリアンは、うっとりとした。

「ボクが候補者として城に上がっていたとしても、きっと兄さまのようには振る舞えなかったでしょう。それどころかボクのような田舎者が洗練された都人の中に入ったら、気後れして何もできなかったと思うんです。それを苦痛に感じて、立ち直れなくなったかもしれませんし」

ジュリアンの考えは全く大袈裟ではない。

ラブバトのジュリアンは、魑魅魍魎の巣窟で精神的に追い詰められた挙げ句に、非道の行いを繰り返して断罪されたのだもの。

「兄さまは大丈夫ですか？」

「僕？」

「兄さまがボクの身代わりとして候補者になってくださったおかげで、ボクは自分なりの幸せを掴むことができました。だけど兄さまは？　ボクの身代わりとして〝ジュリアン〟を演じている兄さまは、候補者選抜が終わるまで自分の幸せを見つけることもないいんじゃないかって考えると、ボクは夜も眠れなくなってしまうんです」

「バカだな、ジュリアン。そんなことを気にしてはいけないよ」

「デリック。それは無理だよ」

それまで静観していた父が、口を開いた。

「候補者たちの激しい争いは、都から遠く離れたこの地まで聞こえてきている。そのたびに思うのだ。あのときデリックの願いを聞き入れたことは、果たして正解だったのかとね」

「それまで我が儘を一切言わなかった子が初めて見せた強い意思だったから、私たちもついデリックの言うとおりにしてしまったけれど、本当は候補者なんて辞退していればよかったと、何度も悔やんだわ」

「母上……」

けれど、そんなことはできなかったはずだ。アーサーの婚約者候補を差し出すようにと、通達を出したのは王である。

王命は絶対だ。

もし逆らえば、こんな小さな領地のしがない貴族は、あっという間にこの国から消え去ったことだろう。

「たしかに辛いこともありました。一刻も早く候補者から脱落して、この家に戻ってきたいと、何度思ったかわかりません」

だけど、と口を開きかけたそのとき。

突然ドアがガタンと音を立てた。

大きな音に、全員がバッとドアに注視する。

「誰だ」

父が問いかけるも、なんの反応もない。

訝《いぶか》しんだ父が勢いよくドアを開けると。

「えっ!?」

バッと開いたドアの向こうに思いも寄らない人物が立っていたのだ。

「アーサーさまっ!?」

突然現れたアーサーに、僕ら家族は揃って絶句した。

唯一アーサーの顔を知っている父は真っ青になっているし、母とジュリアンは僕の「アーサーさま」という叫び声のせいで酷く驚いているようだった。

そして当のアーサーも身じろぎ一つせず、その場に立ち尽くしている。

僕たちの間に、気まずい沈黙が下りた。

「……あっ」

先に正気づいたのは母だった。父の袖口をクイッと引いて目で合図する。

「あっ、そうだな。殿下、むさ苦しいところですが、どうぞ中へ」

母のおかげで復活した父が、アーサーに入室を促す。

「す、すまない……ではお言葉に甘えて」

アーサーがぎこちない動きで部屋へと進み、僕の隣に腰掛けたのだが、当の僕はというと頭の中が真っ白になって、一言も発することができない。

なぜここにアーサーが？

パーティーはどうしたんだろう。

それよりも。

——さっきの話、聞かれていたんじゃ……。

そのことが気になってしまって、アーサーの顔がまともに見られない。

母は侍女に命じて、全員分のお茶と新しい菓子を用意させたのだが、準備が整うまではなんともいえない空気が室内に漂っていたたまれなかった。

「ボーモント伯、突然来てしまって申し訳ない」

茶で喉を潤したアーサーが、父に謝罪した。

「むしろ殿下をお迎えする用意ができず、大変申し訳ない限りです」

「いや、先触れを出さずに来てしまったのは俺のほうだ。にもかかわらず、このような丁重なもてなし、感謝する」

素朴極まりない田舎の菓子を喜ぶようなアーサーの態度に、母が小さく安堵の息を吐いた。

「ところでなぜ、このような辺鄙な田舎まで……何か火急のご用でもございましたか？」

「いや……別にそういうわけではないんだが、ただ……」

カップに視線を移して沈黙したアーサーを、家族全員が見守る。

「ただ」なんてところで言葉が切れたら、気になってしまうじゃないか。なぜ最後まで言ってくれないんだ。

もしかして僕がパーティーに出席しなかったことに腹を立てた陛下が、候補者脱落を決定したとか？　それをアーサーは伝えに来たのではないだろうか。

そんな考えが頭の中をグルグルと回って、胸が苦しくなった。

「もしや、デリ……ジュリアンが何か粗相でも？」

父も僕と同じ考えだったらしい。意を決したように、アーサーに問いかけた。

「いや、粗相なんて一度もしたことがないぞ。ジュリアンはいつも完璧だ。迷い、苦しんでいた俺を救い、道を示してくれた。俺はそんなジュリアンに何度感謝したことか」

「デリ、ジュリアンが、そんなことを」

両親はアーサーの言葉に感じ入った表情になり、弟からは『兄さま凄いよ！』的な視線を感じる。

褒めてくれたのは嬉しいけれど、家族の前でそういう話は控えてほしかった。恥ずかしすぎるじゃないか。

「ジュリアンは候補者たちの中でも、一目置かれる存在なのだが……」

「だが？」

家族一同がアーサーの次の発言を、固唾を呑んで見守る。

「そんな輝かしい存在が城から消えた瞬間に、寂しくて堪らなくなって……それで、ジュリアンに会いたいという気持ちが募って……」

「……は？」

アーサーの答えに、間抜けな声が出てしまったのは許してほしい。

突然やってきた理由が、僕に会いたいって……。

思いもよらない答えに、全身から力が抜けた。

「デ、ジュリアンに会いたい、ですか？」

意外すぎる発言に、母が思わずといったように呟き、直後に両手で口を覆った。失言したと思ったのだろう。思わぬこととはいえ、王族に対して疑問を投げかけるだなんて。あまりの無礼、無作法をしてしまったことに、顔を青くして震えている。

けれどアーサーは母を咎めるようなことはせず、むしろ「皆、気楽に話してほしい」と告げた。

「ですが」

「いいんだ、ジュリアン。ここは王宮ではない。礼儀のことで煩く言う輩はいないことだし、今このときだけは、ざっくばらんに接してくれると嬉しい」

「で、では……お言葉に甘えまして」

だからといってすぐ額面どおりに受け取ることはできないようだけれど、母と弟の緊張が少しだけ解けたことは察せられた。

「ジュリアンからもらったハンカチだけでは足りなくて……それで、いても立ってもいられなくなって、気がついたら愛馬に跨がっていたのだ」

「まさか……お一人で来られたのですか？」

「何しろ体が衝動的に動いてしまったからな」

一国の王太子ともあろうお人が、護衛もつけずに単身やってくるなんて！ いくら僕に会いたかったからって、あまりにも無謀すぎる！

「ど、道中では何事もございませんでしたか？」

「ああ。拍子抜けするほど快適な旅だった」

アーサーはあっけらかんと言うけれど、僕たち家族は未だ冷や汗が止まらない。ボーモント領に来る途中で事故に巻き込まれたり、怪我なんてしようものなら、王家からどんなお咎めを受けることか！

「あの、来ていただけたのは嬉しいのですが、あまり無茶をなさらないでください。御身はオルムステッド王国にとって、かけがえのないものなのですから」

やんわりと注意すると、アーサーはガックリと肩を落とした。ションボリとした表情は、まるで雨に濡れた子犬みたいに痛々しい。

こんな顔されたら、強く怒れないじゃないか！

「つ、次は本当に気をつけてくださいね。それから帰りの道中、何があるかわかりませんから、僕と一緒の馬車に乗って王宮に戻りましょう」

馬車には少ないながらも護衛がついているのだ。馬よりも少しは安全だろう。

「ジュリアンと一緒に馬車旅ができるのか！　それは楽しみだ」

なんだか急にワクワクし出すアーサー。いや、旅じゃなくて王宮に戻るだけなんだけれど……。

でも無邪気に喜ぶアーサーがかわいすぎて、訂正するのが申し訳なく思えてしまう。

「僕も楽しみです」

そう言って、笑み返す。

僕たちの様子を眺めていた家族もようやく緊張がほぐれたようで、その後は茶を飲みながらお喋りに興じる、穏やかな時間が流れていった。

話題はもっぱら僕のことで、家族は僕の普段の様子をアーサーに質問しまくり、アーサーは逆に子どもの頃の僕の話を聞きたがった。

家族と楽しげに話すアーサーからは、最初のぎこちなさが完全に消え、すっかりリラックスしているようだ。

――となると、あの話は聞かれていないようだな。

アーサーがやってくる直前まで、家族は僕をデリックと呼び、ジュリアンに至っては「兄さま」と呼んでいたのだ。

あれを聞かれていたら……僕たち一家は処刑されることだろう。理由はともかく、やったことは王家を謀る大罪である。

それに僕は。

——これまで正体を偽っていたことを、アーサーに知られたくない。

僕がジュリアンを名乗って婚約者候補になったことを知れば、アーサーはどう思うだろう。軽蔑するだろうか。嘘つきと罵《ののし》られるだろうか。

嫌われてしまうだろうか……。

それを考えただけで薄ら寒い思いがする。

「ジュリアン、どうしたんだ？」

僕の様子に気づいたのだろう。アーサーが心配そうに問うてきた。

「いえ……なんでもありません」

「嘘をつけ」

その言葉に、心臓が嫌な音を立てる。

「眉間に皺が寄っていたぞ」

アーサーの指が、僕の眉間を撫でた。冷たい指先に、ますます恐怖が湧き上がって、言葉が出てこない。

僕の心の内を察知したのか、母が、

「デリ、ジュリアンはさっきまでお菓子をたくさん食べておりましたから、胸焼けしているのかもしれません。そうでしょう？　ジュリアン」

とフォローに入ってくれた。

「菓子を？」

「ええ。こちらリソルと申しまして、デ、ジュリアンが子どもの頃から大好物のお菓子ですの」

「ほう」

アーサーの興味は僕からリソルに移ったようだ。

「素朴な菓子ですが、ボクもあ……弟も昔から大好きで、子どもの頃は奪い合いになりかけたこともありました」

ジュリアンも援護射撃に入ってくれる。

「奪い合いなんて信じられないな」

「もっとも最後には弟がボクに譲ってくれたので、けんかにはなりませんでしたけれど」

「ジュリアンは昔から兄思いだったのか」

「そうですね。僕は昔からおと」

「おと？」

まずい！　ついうっかり、弟と言いかけてしまった！

ど、どうしよう。さすがに誤魔化せない。いくら別のことに気を取られていたからって、これはとんだ失敗だ。大失態だ！

アワアワする僕を、今度は父がフォローしてくれた。

「大人びた子、と言いたかったんだよな、ジュリアン」

「そうですわ！　ジュリアンは本当に大人びた子で、デリックを立ててなんでも譲ってあげていたのですよ」

父の言葉に、母も続いた。

「ああ、たしかにジュリアンは候補者の中でも、一番落ち着いているものな」

アーサーも、そうしみじみと語る。

よかった。なんとか誤魔化せたようだ。

「それにしても兄に好物の菓子を譲るなんて、偉い子どもだったんだな」

「僕は当時から、兄のことが大好きでしたから」

弟の悲しむ顔は見たくない。だから僕は、どんなに大切な物でもジュリアンに譲っていた。

リソルだって、お気に入りの絵本だってオモチャだって、なんでも全部。

「天使のように愛くるしい兄には、笑顔が一番似合うんです。だからその笑顔を曇らせないために、僕はなんでもしてあげたくて」

「今も兄が好きなのか？」

「それはもちろん！」

だってジュリアンは僕のかわいい弟だから。

弟が嫌いだったら、ここまでブラコンを拗らせたりはしていないだろう。

「じゃあ、俺のことは？」

「は？」

アーサーの質問に、体がビシリと固まった。

「俺のことは好きか？」

何も言わない僕に焦れたように、アーサーが言葉を重ねる。

え、それはもちろん好きだけど……でもさ、それって今ここで言わなきゃいけないこと？

だって家族が揃ってるんだよ？　家族の前で「好き」って言えと？

アーサーは僕のかわいい弟（仮）だから好きなのは当然だけど、でも本当の兄弟ではない。

しかも僕、アーサーの婚約者候補。

こんな立場にある僕が、下手に「好き」なんて言ったら、まるで愛の告白をしているようじゃないか！

それに気づいた瞬間、さっきとは別の、嫌な汗が噴き出した。

だ、誰かフォローを！　と家族に目を向けるも、三人ともワクワクした目で僕たちを見つめるばかりで、誰も口を開いてくれない。そんな目で見ないでよっ！

アーサーも真剣な眼差しで僕を見つめていて……。

「す、き……です」

絞り出すように言った直後、羞恥のあまり熱くなった顔を両手で覆う。

ううう っ、きっと耳まで赤いに違いない。変な汗が流れっぱなしだ。

「そうか、ジュリアンは俺のことも好きか」

熱くなった耳に、弾むような声が届いた。

かわいい弟（仮）に喜んでもらえたことは嬉しいけれど、同時に家族たちの生暖かい視線も感じる。

指の隙間からチラリと覗き見ると、母と弟はニヨニヨしながら僕を見ているし、父はどこか寂しそうな顔で笑っている。

なんなの、その顔は！

アーサーも、なんでそんなに嬉しそうに笑ってるんだよ。

あぁっ、もうっ！　なぜ僕がこんな恥ずかしい目に遭わなくちゃいけないんだ‼

部屋に漂う妙な空気に撃沈した僕は、顔を覆ったまましばらく立ち直れずにいたのだった……。

◇5．信じて、いいの？

結局アーサーは、我が家に宿泊することとなった。

我が家も一応爵位はあるものの、中央にコネを持たない地方の弱小貴族。だからもてなすにしても限度があって、有り体《あてい》に言えば王族を迎えるのに相応しい物は一切用意していないわけで。

僕らがお茶をしている間、家令や侍女頭は使用人を総動員して、客間を整える作業に追われたそうだ。

カーペットやカーテンを新しい物に取り替えて、ソファやテーブルは屋根裏にしまってあった年代物だけれど高価な品と入れ替え。布団や枕、クッションの類いを干して、リネンも肌触りのいい真新しい物に替えてと、大変な騒ぎだったらしい。

また近くの猟師に使いを出して新鮮な肉を手配。野菜も農家から大量に買いつけたため、「デリック坊ちゃんの結婚式は今日だったかいな？」と勘違いする領民が多数出たそうだ。

それでもまだ、王族を迎えるには不充分だったのだけれど、いきなりやってきたアーサーが悪い。

いろいろと思うところがあったとしても、そこはもう我慢してもらうしかないと腹をくったのだけれど、当の本人は意外と気に入ったようで。

王宮ではもう見ることができないような時代遅れの家具を珍しがり、窓から一望できる雄大な自然に感動している。

よく言えば素朴な、けれど実際は豪華絢爛とはほど遠いシンプルな料理すら、舌鼓を打つ。

一国の王子、次代の王とは思えない寛容さ。

彼が心から喜んでいるのが手に取るようにわかって、僕ら家族はホッとした。

晩餐の後、僕とアーサーは揃って庭に出た。

王宮とは違い、ここには周囲を照らす庭園灯なんてものは存在しない。淡い月明かりを頼りに、二人並んで小道を歩く。

「この庭園は、自然の風景そのままを映し出したように作ってあるのだな」

「そう言えば聞こえがいいですけれど、単にお金がなかっただけなんです」

だってうちは貧乏男爵家。王宮のように噴水や彫像を置いたり、花壇を幾何学的に配置したりなんて、お金のかかることは難しい。

できることと言えば、自然の風景をイメージした癒やしの空間を作ることのみ。

「いつも忙しくしている父や兄の心が少しでも和むようにと、母が丹精込めて創り上げた庭なんです」

と言っても母は監督しただけで、実際に動いたのは庭師なんだけれど。

でも細部細部に母のこだわりが詰まったこの庭は、僕も大好きな空間なのだ。

「幼い頃はこの庭だけが僕たちの遊び場だったんです。おかげで植物について、だいぶ詳しくなりました」

ジュリアンと二人で追いかけっこをしたり、木登りをしたり……それに飽きると庭の花を眺めて、スケッチに興じたこともあったっけ。

「僕らが花に興味を持ったことを知った母が、いろんな知識を授けてくれて。花言葉も未だにちゃんと覚えているくらいなんですよ」

「ほう。じゃあこの花は？」

「カンパニュラ。花言葉は〝感謝〟」

「これは？」

「ニゲラです。花言葉は〝不屈の精神〟」

「凄いな。問われて瞬時に出てくるとは、さすがジュリアン。天才の名を欲しいままにする男だけのことはある」

「その呼び名はちょっと……」

「いいじゃないか。皆に褒められて、尊敬されているんだぞ。俺はそんなジュリアンを誇らしく思う」

アーサーはそう言って、蕩《とろ》けるような笑みを浮かべた。

天上から降り注ぐ、柔らかな月明かり。

春の風が、茶金の髪をフワリと揺らす。

その全てが幻想的で……僕は一瞬言葉も忘れ、アーサーに見入ってしまった。

「ジュリアン？」

急に黙り込んだ僕を心配したらしいアーサーが、顔を近づけ覗き込む。

ち、近い！　こんな急に距離を詰められたら、どうしていいかわからなくなるじゃないか。

「あっ、す、すみません！　えっと、なんでしたっけ。そうだ、花言葉！　ほかにもどんどん答えられますからね」

アワアワと捲し立てるように言うと、アーサーはクスリと笑って「じゃああちらの区画に行ってみよう」と促した。

そこは夏の花々が植えられている場所で、今はまだ花を見ることができない。

「葉だけの状態でもわかるかな」

「もちろんです」

「じゃあ、あれは？」

「ローマンカモミール。白い花や葉からは、リンゴのような香りが漂うんです。花言葉は〝逆境に負けない強さ〟」

「次はあれだ」

「ナスタチウム。黄色やオレンジ色をした、丸い花を咲かせます。花言葉は〝勝利〟」

「じゃあ、これは」

「菊の仲間のアスター。花の色は赤や紫などさまざまですが、うちで植えているのは主に白です。花言葉は〝信じてください〟」

夜の庭に、僕たちの声が静かに響く。何気ない会話と穏やかな空気。

その全てが嬉しくて、とても愛おしかった。

楽しい時間はあっという間に過ぎ去って、そろそろ夜更け。さすがに同じ部屋で眠るわけにはいかないので、夜はそれぞれの部屋へと戻るしかない。

アーサーは僕と別室なのを残念がった。

僕も、今日一日ずっとアーサーと過ごしていたせいか、なんとなく離れがたい気がして辛いと感じてしまったけれど、未婚の二人……しかも王太子とその婚約者候補が同衾《どうきん》していいわけもなく。

いや、アーサーがほかの候補者とそういうことをしているのは周知の事実だけれど、せっかく真面目になったのだ。不埒な行いをして、妙な噂が立つのは避けたい。僕はともかく、アーサーの名誉に傷がついたら大変だものね。

「でも残念ながら、殿下の名誉はだいぶ地に落ちてる気がしますけど」

「ジュリアン……そんなこと言うなよ……」

アーサーと別れた僕は、ジュリアンの部屋にいた。今宵はここで就寝する予定だ。

ただの仲良し兄弟でいられるのは、今日を含めてあと二日。

明後日には結婚してしまうジュリアンと、こうして一緒に寝られるのは今日が最後だろう。

だから最後に夜更かしをして、積もり積もった話をしようということになったのだけれど、
ジュリアンの口から出たのは思いもよらない辛辣《しんらつ》な言葉だった。

「こんな田舎にまで、殿下の悪評は届いていますよ。勉強なんて一切せず、見目麗しい男を捕まえては乱行三昧だって」

「それは……」

真実だから、反論できない。

けれど今のアーサーは違うのだ。爛れた遊びはピタリとやめて、勉学に励んでいる。候補者たちに迫られることがあっても、毅然とした態度で拒絶しているらしい。

そんなふうに行いを正したアーサーの話は、都から遠く離れたこの地にはまだ伝わっていないのだろう。

僕はジュリアンに、直近で起こったことを具《つぶさ》に説明した。

「なるほど、納得しました。実際お目にかかってみたら、噂と随分違っているようじゃありませんか。だから変だなって思っていたんですよ」

「ジュリアンにわかってもらえて嬉しいよ」

「噂と違って、兄さまも愛されているみたいですし」

「え、噂って？」

〝氷華の君〟〝筆頭候補者〟以外に一体どんな噂が……。

「勉強もそっちのけで毎日男遊びをしている、下半身無節操王子にすら相手にされないジュリアン・ボーモントは、人間性とお尻の具合が最悪なんだろう……なんて噂が立って、ボクらは何度悔しい思いをしたことか！」

なんだそれは。

人間性うんぬんに関してはまぁ、間違ってはいないかな。だって僕、王宮内での態度は最悪だし。

無表情で塩対応。そしてアーサーは僕に一切手を出そうともしないどころか、最近まで目も合わせてくれなかった。

それには理由があったわけだけれど、僕を始めアーサーの胸の内を知ろうとした人間がいなかったため、彼の真意は誰一人としてわかっていなかったのだ。

それらが全て重なり合ったせいで、酷い噂に発展したのだろう。

「ごめんね、ジュリアン。僕のせいで、嫌な思いをさせてしまって」

「ボクのことはいいんです。ボクら家族は兄さまが噂で囁かれているような人物じゃないって、わかっていますから。だけど噂が聞こえてくるたびに、父さまと母さまは嘆き苦しんでいらっしゃいました。あのとき兄さまの願いを聞き届けなければ……いいえ、そもそも婚約者候補を出すことを、断固拒否していればって……」

「父上と母上が……」

「ボクたちの入れ替わりを認めたときは、都での振る舞いや宮廷のしきたりを知らない兄さまは、すぐに脱落するだろうと考えていたようなんです。だから願いを聞き届けたそうなのですが」

けれど僕は思いのほか粘ってしまい、四年が経った今もまだ候補者の中にいる。

「兄さまを褒めそやす評判が流れる一方で、悪評までもが聞こえてきて。しかも、それがさも本当であるかのような言い草じゃないですか。ボクたちはそれが悔しくて……」

「ジュリアン……ごめん。ごめんよ……」

僕の知らないところで家族が苦悩していたことを初めて知り、申し訳ない気持ちで胸が苦しくなる。

「だけど安心しました。兄さまは昔とちっとも変わってないし、殿下ともいい雰囲気じゃないですか。愛し愛されてるんだなぁって嬉しく思いましたよ」

ちょっ、ジュリアン！　愛し愛されなんて、なんてこと言うんだ！

「べ、別に僕たちはそういうのじゃ……」

「でも殿下に『好き』って言ってましたよね」

「あれはその場の流れというか、どうしようもない状況だったというか」

「でも好きですよね？」

「ま、まぁ……アーサーさまは弟みたいなものだし」

「弟？」

「だってもう四年も共に過ごしてきたんだ。弟みたいなものだろう」

そう言った僕に、ジュリアンは信じられないものを見るような目を向けた。

「兄さま、それ本気で言ってます？」

「もちろん。それにアーサーさまだって、僕を兄と慕っているし」

だって本人がそう言っていたんだもの。「兄という家族ができた。心の拠り所だ」と、喜んでいたくらいなのだ。

それを疑うなんて、いくらジュリアンでもちょっと許せないぞ。

けれどジュリアンは大きなため息を吐きながら「なんてことだ」と呟いた。

「信じていないのか？」

「当たり前です。昼間のやり取りを見たら、誰だって二人が恋仲にあると思うでしょう」

「恋仲っ!?　ぼ、僕らはそんな関係じゃ」

「じゃあ殿下の片想いなんでしょうか」

「違う。断じて違うぞ！」

だってアーサーはリオンが好きなんだから。

二人が最近ベッタリ絡んでいる現場は見かけないけれど、以前のアーサーは毎日のようにリオンを側に置いていたし、柔らかな笑みで見つめる相手はリオンだけ。

アーサーが僕のことを恋愛的な意味で好きなんて、ジュリアンの思い過ごしだ。

そう考えた瞬間、胸の奥がズキリと痛んだ。

「僕はアーサーさまに愛情を抱いているよ。でもそれは親愛の念、いわば家族愛なんだ」

「絶対に信じられません。どこからどう見ても、愛し合う恋人同士にしか見えなかったのに」

「ジュリアンに僕らの何がわかるっていうんだよ」

しつこく食い下がってくるジュリアンに、僕は苛立ちを覚えた。

ムカムカとこみ上げる怒りのせいで、口調がキツくなっていく。

口論なんて、今までしたことがなかったのに。だって、僕はジュリアンを愛しているから。

ジュリアンの言うことは、絶対だったんだ。

なのに僕は今、愛するジュリアンの言葉に苛立ってしょうがない。

やめろ、ジュリアンが傷ついてもいいのか？　ブラコンの名が泣くぞ！　と、頭の中でもう一人の自分が囁くけれど、止めることができない。

「僕らのことに、これ以上の口出しは無用。部外者であるジュリアンが何を言ったって、僕とアーサーさまは仮初めの兄弟に違いないし、この関係じゃなきゃ駄目なんだ」

「なぜ、そこまで兄弟にこだわるのですか？」

「だって、それは……」

一番最初は、やるせない思いに泣くアーサーに対する、庇護欲から出た言葉だった。

年下だから弟も同然だろうって。

けれど最近は、その思いが少しずつ変化してきた。

弟に対するものとは違う別の想いを、僕はたしかに抱いている。その感情の名を僕は知っているけれど、認めるわけにはいかない。

だって。

「アーサーさまは、ほかの候補者を気に入っておられるし……」

この世界は主人公《リオン》のために作られた箱庭だから、アーサーが僕を婚約者に選ぶことはない。

初めから予定された未来なのだ。

「候補者から脱落したら、僕たちはそれでおしまいで……」

脱落者は総じて家に帰され、再びアーサーの前に現れた者は誰一人としていない。婚約者候補のままでは、お側に寄ることも叶わなくなってしまう。

「だけどアーサーさまは、こんな僕をお側に置きたいと望んでくださって」

決して伴侶になれない僕らが、ずっと一緒にいるために必要だったもの。

それこそが〝兄弟〟という名目なのだ。

「だからこうするのが、一番なんだよ」

そう言って力なく笑った僕の肩を、ジュリアンは思い切り掴むとガクガクと揺すった。

「兄さま！　しっかりしてください‼」

「ちょっ、何するんだ、ジュリアン！」

「ご自分が何を言っているか、わかってるんですか⁉」

「ちゃんとわかってるよ！」

「いいえ、兄さまはちっともわかっていません‼」

「ちょっ……揺するのやめて！」

しかも揺さぶる力が強すぎるせいで、目の前がグルグル回る。

「あっ、ごめんなさい！」

フラフラになった僕に気づいたジュリアンは、ようやくその手を離してくれた。

「兄さまがなぜそんなふうに考えるのか、僕には見当もつきません。ですが、これだけは断言できます。兄さまは、間違っている」

「なっ……」

「だってそうでしょう？　なぜご自身が候補から脱落するなんて考えるのですか」

「それは、リオンがいるからで」

ここがゲームの世界で、僕がストーリー展開を知っているからなんて、ジュリアンには話せない。

クッと唇を噛んで言い澱《よど》んだ僕に、ジュリアンは噛んで含めるように語り出した。

「お城でこれまで何があったか、ボクには全くわかりません。ですが一つだけ、ハッキリわかることがあります。それは、殿下は兄さまを想っている、ということです」

もちろん恋情のほうですよ！　と念を押すことも、ジュリアンは忘れなかった。

「いや、でも……アーサーさまはすでに、リオンを選んだみたいだし」

「それはたしかですか？」

「う、うん」

「殿下から直接そう言われたのですか？」

「いや、でもっ」

「その様子だと言われてないんですね」

「だけど二人が結婚することは、ほぼ確実な気がするんだ」

ノーマルエンドとグッドエンドの場合、エンディングのスチルは主人公とアーサーの結婚式のシーンだ。

バッドエンドの場合はこの限りではないけれど、これまでの彼らを思い返すにリオンがバッドエンドに向かっているとは思えない。

だって彼は、ゲームの攻略法を正しく知っているのではないかと思うほど、ほぼ完璧に近い形でこなし続けているのだもの。

だから僕は、リオンとアーサーとはグッドエンドを迎えるのではないかと睨んでいるのだけれど、ラブバトのことを知らないジュリアンは、僕の答えに納得しなかった。

「兄さまはそう決めつけているかもしれませんが、殿下は絶対に兄さまのことがお好きですって。そうじゃなかったら領地に帰った兄さまを追って、わざわざいらしたりはしないでしょう。しかも都から遠く離れた、こんな辺鄙な田舎まで」

「それ、は……」

「しかも兄さまがボクのことを好きって言ったら『じゃあ、俺のことは？』って。ヤキモチを焼いて、ボクに張り合っていたじゃありませんか」

え、あれってジュリアンに張り合っていたの？　全然気づかなかった……。

「大体、兄さまを見るあの熱い眼差し！　あれが恋でなくて、一体なんだというのです」

「ジュリアンの勘違いかもしれないじゃないか」

「いいえ！　恋愛ごとに関しては、ボクは兄さまよりも上級者ですからね」

どうせ兄さまは、お勉強ばかりで今まで恋なんてしたことがないのでしょう？　と、自称恋愛上級者であり間もなく結婚するジュリアンにズバッと言い切られ、僕は答えに窮してしまった。

もはやグウの音も出ない。

「本当はずっと、兄さまに殿下は相応しくないと考えていました」

「ん？　僕がアーサーさまに相応しくない、の間違いではなくて？」

「間違えていません。だって、氷華の君とドエロ王子ですよ」

アーサーの二つ名が、どんどん酷くなっていくのは気のせいだろうか。

「そんな人に、兄さまは渡せないって思うじゃないですか。だけど実際にお会いしてみて、殿下にだったらボクの大切な兄さまをお任せできるって、確信したんです。だって殿下ときたら、ボクを見つめるロジャーの目と同じ熱量を持っているんですから！」

愛されている証拠ですよ……と言われ、頬がカッと熱くなった。

「兄さまが何を感じて、何を思っているのか、ボクにはわかりません。ですが、殿下を信じてみてはいかがですか」

「……信じて、いいの？」

「ええ。是非そうなさってください」

「アーサーさまが、僕以外の候補者の手を取る運命にあるとしても？」

「そんな運命なんて、蹴散らしてしまえばいいんです」

「蹴散らしてって、そんな……」

「兄さま。恋愛とは、指を咥えているだけじゃ駄目なんですよ。どんなライバルたちが行く手を阻《はば》もうと、たとえ神のご意志に逆らってでも、愛する者の心を掴み取る。血で血を洗うラブバトルを制した者だけが、愛する人を手に入れられるのです！」

「なんだか妙に実感篭もった発言だけど、まさか」

てへっと笑うジュリアン。

僕はこれまで、ロジャーがジュリアンを口説き落としたのだと思っていたけれど、真相はだいぶ違うような気がしてならない。

血で血を洗うって、一体何？

だけど、それについて詳しく聞くのが恐ろしすぎて、この疑問はソッと胸の中にしまっておくことにした。

「まぁ、それくらいの気概がないと、恋は実りませんという譬《たと》え話ですから」

「本当に？」

「とにかく！　兄弟愛なんて馬鹿なことは考えないで、自分の心と殿下に向き合うべきです」

「ジュリアンはなぜ、そこまで僕と殿下のことを？」

「殿下はきっと兄さまを幸せにしてくれる——そう直感したからですよ」

そう言って、ジュリアンは照れたように笑った。

ジュリアンに発破をかけられた翌日は、新夫の弟の立場にある僕も来客対応などに追われて慌ただしく過ごし、アーサーとゆっくり話せたのは翌々日……結婚式の最中だった。

「昨日はお一人にしてしまって、本当にすみませんでした……」

「いや、いいんだ。ジュリアンもかなり忙しかったようだしな」

僕たちは今、教会の一番後ろの席で式を見守っている最中だ。

本当は前列に親族席が設けられており、僕たちはそこに座る予定だったのだが、アーサーがやんわり「後ろに移る」と断ったのである。

何しろアーサーは未来の国王陛下である。お忍びでやってきたため、今この地にいることは、屋敷の者以外に知る者はいない。

アーサーがここにいることが知れれば、周囲はパニックを起こすだろう。

だって田舎の領民が一生に一度見られるかどうかわからない、生の王族だ。大変な騒ぎになることは間違いない。

晴れの日を自分のせいで台無しにしたくない……それがアーサーの考えだった。

けれど王族の一員であるアーサーを一人にしておくことなどできず、何かあったら大変だということで、僕も一緒に後方に移ってきたのである。

式の最中だから、大きな声では話せない。

というか本当は話なんて厳禁だけど、今は司祭のありがたい説話の最中。式が終わったらすぐに披露宴が行われるから、ますます話す時間はない。それで仕方なく、説話中にヒソヒソと会話を交わしているというわけだ。神と司祭には大変申し訳ないけれど、今回ばかりは見逃していただきたい。

「昨日は一日、何をしておられたんですか？」

「領内の散策を。ここは本当にいい所だな。自然豊かで、心が洗われるようだ」

「お気に召していただけたなら幸いですが、それ以外には何もない土地でしょう。退屈しませんでしたか？」

何しろ領内唯一のランドマークがこの教会で、あとは山と川、畑や牧場くらいしか見所がないのだ。十歳から都で暮らし、王宮だけでなく城下の繁華街にも頻繁に遊びに行っているという噂のあるアーサーには、面白みもクソもない土地だと思うのだけれど。

「人の手が入っていない豊かな大自然に、感動しきりだったな」

嘘を感じさせない弾んだ声に、彼が散策を心から楽しんでいたことがわかりホッとする。

「領民も見ず知らずの俺に、気さくに話しかけてくれてな。おかげでボーモント領のことに、いろいろ詳しくなったぞ。たとえば川向こうに住むトムの家では先日、子猫が三匹生まれたそうだ」

「へぇ！　帰る前に一度、見に行ってみようかな」

「それから古老にいろいろと昔話を聞いたりしてな。民と気軽に話すなんて、王宮では考えられないことだ。とてもいい経験ができた」

昨日のことを思い出したのか、アーサーはフッと微笑んだ。

いつもの大人びた表情とはやや違う、少しだけ幼さを感じさせる屈託のない笑顔。そういえばアーサーは僕より四歳も年下なんだよな、と改めて実感する。

「ジュリアンは……」

アーサーは何かを言いかけて、けれどそのまま再び口を噤んだ。

「……？　なんでしょう」

「いや……あー……そう、このような地で生まれ育ったから、心が綺麗なのだなと思ってな」

「え」

それは……どうかな……。

だって僕は弟を断罪させたくないという下心満載で、婚約者候補に収まったような男だ。しかもその後の生活を考え、候補者の義務も放棄して自分の好きなことばかりしていた。本当に心が綺麗な人間だったら、そんなことはしないと思う。

僕の心の内を読んだのだろうか。アーサーは少し苦笑しながら、

「ジュリアンはほかの候補者とは違って、他者を蹴落とそうと画策したりはしないからな」

と言った。

「あー、それは、まぁ」

だって、そもそも僕にはそういう気がないから。

身代わりの候補者になって、ジュリアンがアーサーの目に止まることを阻止できれば、それで充分だったのだ。

ほかの者たちが起こす醜い争いや、嫉妬に塗れた裏工作には一切興味がない。

だから我関せずで、自分の道を突き進んでいただけなのに。

アーサーには、それがとても新鮮だったそうだ。

「人間が持つ汚くて醜い部分が、ジュリアンからは感じられない。孤高で高潔。ジュリアンと打ち解けることができて、俺は本当によかったと思っている。もっと早くこういう関係を築けていたらと考えただけで、これまでの四年間が悔やまれる」

「アーサーさま……」

「ジュリアンは、これからもずっと、俺の側にいてくれるんだよな？」

「ええ、もちろん」

「この地に帰りたいなんて言わないか？　こんなに素晴らしい場所なんだ。俺だったら帰りたくて、堪らなくなるかもしれない」

「約束したではないですか。ずっと一緒だって」

そう答えると、アーサーは僕の手に自分の手を重ね合わせてきた。

司祭の説話は終わり、これから新郎新夫が誓いの言葉を宣《の》べようとしている。

白い燕尾服に身を包んだジュリアンが、この世の物とは思えないほど気高くて、美しい笑みを浮かべている。

「アーサーさまこそ、僕がお側にいていいんですか？　たとえばジュ……兄のように、美しい男が側にいたほうがいいと思ったりはしませんか？」

「デリックか」

恍惚の表情でロジャーを見つめるジュリアンの横顔を、アーサーはジッと見つめた。

もしも「やっぱり兄のほうがいい」なんて言われたらどうしようかと、不安になってしまう。

この期に及んで、ジュリアンを婚約者候補に望んだりしたら……。

僕はアーサーの答えを、固唾を呑んで待った。

「美しい男だとは思う」

アーサーは一言そう呟いた。

「兄弟だが、あまり似ていないな」

「そうですね……兄は母に似て、僕は父方の祖母に似ているそうです」

「華のある男だとは思う」

アーサーはやっぱりジュリアンを……そう考えた瞬間、胸がグッと詰まって泣きそうになった。

けれど。

「だが、それだけだ」

アーサーはキッパリとそう言った。

「……？」

「華はあるだろうが、特に心惹かれたりはしない。俺の側には彼の何十倍も魅力的で、面白い男がいるからな」

「それは」

リオンのことだろうか。だって僕は、なんの魅力も面白みもない人間だもの。

ジュリアンは、アーサーが僕のことを好いていると言っていたけれど、やっぱりただの勘違いだったんだ……。

恥ずかしさと落胆で俯《うつむ》いた僕の手を、アーサーがギュッと握りしめた。

「何か変なことを考えていないか？」

「いえ、特には何も」

「その顔は、絶対に変なことを思っている顔だ。何を勘違いしたかわからないが、俺が面白いと思っているのはジュリアン、お前だぞ」

「僕……ですか？」

「あぁ。ジュリアンほど面白い男は、この世界のどこを探しても見つからないだろう。全くもって一筋縄ではいかないし、俺にいつも新しい一面を見せてくれる。そんなジュリアンから、いつしか目が離せなくなっていた」

「僕、一筋縄でいきませんか？」

「あぁ、全く。次の王である俺に媚びへつらうことなく、自分の意見を毅然と言える男なんて、ほかにはいない。だからこそ、余計に惹かれた。ずっと側にいてほしい。この際だから言っておくが、間違っても側近や兄弟としてではないぞ」

「それって……」

側近でも、兄弟でもないならば……。

期待に揺れる心臓が、バクバクと大きな音を立てる。

「王宮に戻ったら、正式な手続きがしたい」

「なんの、ですか？」

アーサーの答えは容易に想像がつく。

だけど僕は、敢えてその答えを聞きたいと願ってしまった。

「俺の伴侶はジュリアン……お前しかいない」

アーサーが囁いた瞬間、司祭の厳かな声が耳に届いた。

「誓いのくちづけを」

その声に導かれるかのように、アーサーの顔がゆっくりと近づいてきて、僕はゆっくりと目を瞑った。

温かな感触が、唇に落ちる。

初めて交わす、アーサーとのくちづけ。

それはとても温かで、頑《かたく》なだった僕の心を柔らかく蕩かしたのだった。

ジュリアンの結婚式も無事終わり、アーサーは宣言どおり、僕を婚約者に決めたと王に申し出た。

奏上は再来月に行われる議会にかけられ、承認されれば僕は晴れてアーサーの婚約者に内定する。

こんな夢みたいなことがあっていいのだろうか……。

幸せを実感して、舞い上がっていた僕だったけれど。

直後、僕が候補者たちに非道な嫌がらせをする邪悪な存在であるという噂が、王宮内を駆け巡ったのである。

◇6. リオン・ウィリアムズ2

アーサーさまがジュリアン・ボーモントを婚約者に選んだという報せは、瞬く間に王宮内を駆け巡った。

単身ボーモント領へと向かったアーサーさまから、ジュリアンにプロポーズした旨を記した文が早馬で届けられたと聞き、目の前が真っ暗になる。

——なんで、ジュリアンを……。

アーサーさまはずっと、ジュリアンなんか歯牙にもかけなかったじゃないか。

たしかに少し前からジュリアンをお側に置くようにはなっていたし、ぼくを始めとした候補者たちと肌を合わせることもしなくなった。

それでもぼくを見る目は変わりないように思えたし、お茶に誘えば応じてくれた。ただし、以前のように一対一ではなく、候補者全員で……だったけれど。

突然変わった状況に焦りを感じ、とにかくぼくの元に繋ぎ止めなくてはと思い、あらゆる手を使って誘いをかけた。なのにアーサーさまはぼくの誘惑には素気なく断って、ジュリアンばかりを優遇する。

このままでは名実共にジュリアンが筆頭候補者になってしまう……そんな不安を感じていた

矢先に届いた、信じられない報せ。

――くそっ、せっかく高いお金を払って、媚薬成分入りの香水まで買ったというのに！

件の香水は王都で大流行しているということもあり、今ではすっかり品薄で値段も高くなった。ぼく以外の候補者は、入手できないと嘆いているくらいなのだ。

一方、確実に手に入るという裏ルートを教えてもらったぼくは、毎回確実に購入している。けれどその分、金額もかなり釣り上げられているのもまた事実。

正規の値段の約三倍。これはぼくにとって、決して安い買い物ではない。人の足下を見て意地悪く嗤《わら》う商人には、腹が立って仕方ない。

けれどこれでアーサーさまを手に入れることができるのであれば、むしろ安い。先行投資だとばかりに、ぼくはなけなしの小遣いをつぎ込んで、香水を買い漁ったのだ。

なのに、まさかこんな結果になろうとは……。

あまりのことに、言葉も出ない。

ジュリアンめ。何かきっと汚い手を使ったに違いない。いかにも童貞臭い顔をしておきながら、ぼくたちが足下にも及ばないようなどぎついテクニックで、アーサーさまを籠絡《ろうらく》したんじゃないだろうな。

一体何をやったんだ？

いくら考えても答えの出ない状況に、苛立ちだけが募っていく。

それはぼくだけじゃなく、ほかの候補者たちも同じだった。

「どういうことなの!?」

候補者の一人がテーブルを叩いて叫んだ。ガタッとテーブルが揺れて、ティーカップからお茶が零れる。けれどそれすら気にならないほど、ぼくたちは苛立ち、焦っていた。

「大体、あの話は本当なの？」

「どうやらそうみたい。侍従の一人を誑《たら》し込んで聞き出したから、間違いないよ。突然の報せに、陛下もたいそう驚いていたんだって」

「陛下はなんと？」

「わかった、とだけおっしゃったらしいよ。ジュリアンを追いかけて、わざわざボーモント領まで行ったくらいだから、本気なのだと受け止められたのかも」

「それじゃあ私たちは、ここで脱落ということか」

「嫌だ！　絶対に信じられない!!」

「僕たちは一体どうすればいいんだよ！」

「そんなのぼくにわかるわけないだろう!?」

ぼくの叫びに、一同が口を噤む。室内に重苦しい沈黙が降りた。

どうしたらなんて答えを持つ者は、ここには誰もいない。

全てはアーサーさまの御心次第。

ただ一つハッキリしていることは、移り気で心の奥底までは決して見せてくれないアーサーさまが、どういうわけかジュリアンを選んだということだけ。

絶望のあまり拳を握りしめたとき。

「婚約者が決定したことが、それほどまでに悔しいか」

貫禄のある低い声が、室内に突然響いた。

声のしたほうを見ると、そこには——。

「……っ！」

慌てて頭を下げようとした一同を「そのままでよい」と制すると、その人はゆったりとした足取りでぼくたちに近づいてきた。

「随分と、荒れていたようだな」

「……お恥ずかしいところをお目にかけてしまい、大変申し訳ございません」

「よい。先触れを出さなかったのは儂《わし》だからな。して、おぬしらはジュリアン・ボーモントが婚約者になることが、よほど不服と見える」

「恐れながら……わたくしどもはアーサーさまの婚約者になるべく、日夜努力してまいりましたゆえ、それらをしてこなかったジュリアン・ボーモントが選ばれたことが不思議でならず……」

「ふむ。それに関しては、儂も同じ気持ちだ」

まさか賛同されるとは思ってもみなくて、全員がハッと息を呑んだ。

「それればかりではなく、ジュリアン・ボーモントは選ばれてはならない人物であると儂は考えている」

「つまり、それは……」

「未来の伴侶は、おぬしらの中から選ばれるのが、国のためになるだろう」

室内が一瞬にして歓喜の色に変わる。

ジュリアンを否定し、ぼくたちこそ相応しいと言ってもらえるなんて。

一筋の光明が差した気がした。

けれどぼくたちの気持ちは「しかし」という言葉に押し止められる。

「議会はジュリアン・ボーモントを婚約者に認定するだろう。なぜならあやつは、筆頭候補者とまで言われる男」

「そんな……」

「だがしかし、一つだけ彼奴《きゃつ》を追い落とす手段がある」

「なんですか、それは」

「ジュリアン・ボーモントが婚約者として相応しくないという証拠を握るのだ」

「証拠だなんて……無表情で素っ気ない性格以外、ジュリアンに問題はないと思います」

「ないのなら、作ればいい」

「えっ……」

「証拠など、いくらだって作ればよい」

ニイッ……と嗤ったその顔に、全員が震え上がる。

まさかこの方はジュリアンの罪をねつ造するために、偽の証拠を作れとぼくたちを唆《そそのか》しているのではないだろうか。

「そんなことは……」

「できぬと申すか。この状況で？　おぬしらが動かぬ限り、婚約者はジュリアン・ボーモントで決定だぞ」

突き放すような言葉。先ほどとは別の恐怖に襲われる。

「ですが、もし罪をねつ造したことが発覚したら、ぼくたちは一巻の終わりなのでは」

「なんのために儂がここに来て、おぬしらと話していると思うのだ。ねつ造の事実を揉み消すなど、赤子の手を捻《ひね》るより容易なこと。儂が後ろ盾になるゆえ、おぬしらは思う存分罪を創り上げて、ジュリアン・ボーモントを完膚《かんぷ》なきまでに叩き潰すがいい」

それだけ言うと、またもやゆったりとした足取りで、部屋を後にしようとした。

「なぜわたくしどものために、そこまでしてくださるのですか？」

堪らず、といったように、候補者の一人が声を上げた。

「それはな」

ゆっくりと振り返ったその顔に、邪悪な笑みが刻まれている。

「ジュリアン・ボーモントが、邪魔で邪魔で仕方ないからだ」

ビリビリと響く、地の底を這うような声に圧倒され、指先一つ動かすことができない。

パタンと音を立てて扉が閉じられた瞬間、全員が一斉に小さな息を漏らした。

「……どうする」

「どうするって、何が」

「さっき言われたこと……本当にやっていいのか？」

罪のねつ造。その言葉に皆、及び腰になっている。

ぼくらがこれまでやってきた、誹謗中傷とはわけが違う。罪を犯したことが理由で候補者を外されたとなると、ジュリアン・ボーモントの貴族生命はそこで終わりだ。

騒ぎを起こして強制脱落した候補者たちが、外聞を気にした家族によって修道院に送られたなんて話も伝え聞いている。

ジュリアンも恐らくはそうなるだろう。いや、罪の内容次第では、それ以上の悲惨な目に遭うかもしれないのだ。

果たして自分たちがそんなことをしていいのかどうか……命じられたからといって、すぐに頷けるものでもない。

だけど。

「ぼくはやるよ」

「リオン！」

「だってこれしか手がないじゃないか。急がないと、アーサーさまがジュリアンと結婚してしまう。皆はそれでもいいのか？」

「それは嫌だよ！」

「僕だって嫌だ!!」

「私たちに残された手は、これしかないということですか……」

「どのみち何もしなければ、脱落するしかないんだ。だったらせいぜい足掻こうじゃないか」

「そうだよね。あのお方も後ろ盾になると、おっしゃってくれたことだし」

「やるしかない！」

「ひとまずは休戦といこうじゃないか。ジュリアンはぼくらにとって、あまりにも強大な敵になってしまった。バラバラに動くよりも、一致団結したほうが早そうだ」

「それは名案ですね。まずはジュリアンを脱落させることだけを考えましょう」

「事が上手く運んだら、その後は好きに動いていいよね？」

「もちろん」

「アーサーさまが誰を選んでも恨みっこなしっていうことで！」

話は纏まり、ぼくらの士気は弥《いや》が上にも高まっていく。

その後、一人になったぼくに侍従がこっそりと近寄ってきて、「これを上手く使えとのことです」と言って書類を渡してくれた。中身はジュリアンに関する裏情報が記載された書類。

「どうして、これをぼくに？」

「これを上手に利用できるのは、あなただけだろうとおっしゃいまして」

あの方はぼくをそう評価してくれていたのか。

「期待している、ともおっしゃっておられましたよ」

そう言われて、感激で背筋がブルリと震えた。

賽《さい》は投げられた。もう後戻りはできない。

ジュリアンを候補者の座から引きずり落とすまで、徹底的に戦ってやる！

ぼくの心に、仄暗い決意が生まれた瞬間だった。

◇7．強制力？

アーサー・オルムステッドが婚約者に選んだのは、ジュリアン・ボーモントである――。

その話題は静かなざわめきを持って、国中に広まっていった。

筆頭候補者ではあるものの、アーサーに見向きもされなかったジュリアンがなぜ？　と訝しむ声。

我が子・我が一族から王の伴侶を輩出したいと願い、画策していた者たちの落胆。

僕に今のうちから取り入っておこうと、野心を燃やす者。

そういった輩のさまざまな言葉や思惑が、僕の耳に日々届く。

周囲が一気に騒然となり、僕は改めてアーサーの伴侶という地位がいかに凄いものであるかを実感した。

――とはいえ、僕もほんのお飾りでしかないんだけれど。

アーサーが退位するまでのたった十年。

彼の側で国政を支えたいとは思いつつも、長期スパンで行うような事業に携わるのは無理だ。

「だから僕なんかじゃなく、次代の候補者に取り入ればいいと思うんですけれど」

そう愚痴を零した僕に、アーサーは眉を少しだけ下げて笑った。

「次の候補者選定は、俺たちの婚約が整った後で行われるそうだから、どうしてもジュリアンに注目が集まるんだろう」

ということは、この騒ぎはそれまで続くことになるのか……。そう考えただけで、心底ウンザリした。

ガックリと項垂れた僕の肩を、アーサーが引き寄せる。抱きしめられたのをいいことに胸元に顔を埋《うず》めて、見た目より案外逞しい胸筋を堪能する。

仮初めの兄弟としてハグをしていた頃は特に意識していなかったけれど、アーサーはなかなかに素晴らしい肉体をしていた。前世でいうところの細マッチョとでもいうのだろうか。張りがあって、安心・安定感が凄い。

アーサーのことを諦めなくていいと思った瞬間に、肉体への興味関心が高まるとは。

僕も大概、現金な質《たち》である。

ただまぁこの筋肉の素晴らしさを、すでに知っている人間が大勢いると思うと、そこは少し複雑だったりもするんだけれど……。

内心モヤモヤしていると、頭上からクスッと笑い声が聞こえた。

「そんなに擦られると、さすがに擽ったいのだが」

しまった。無意識に胸筋を擦っていたらしい。

「失礼しました！」

慌てて距離を置こうとした僕を、アーサーは逃がさないぞとばかりに強く抱きしめた。

「いや、いいんだ。ジュリアンが俺に甘えてくれるのは、とても嬉しい」

「アーサーさま……」

見つめ合った僕たちは、引き寄せられるようにして唇を重ね合わせ――。

弟の結婚式以来、僕らはこうやってたびたびキスをするようになった。

柔らかな温もりが唇に触れる感覚は、何度経験しても慣れることはない。たちまち頬が熱くなり、多幸感で脳が蕩けそうになる。

小鳥が啄《ついば》むようなキスを繰り返していると、不意にアーサーが唇をペロリと舐めた。舌先で、トントンとノックする。口を開けろ、の合図に胸が早鐘を打つ。

舌を入れられると腰がズクンと疼いてしまうし、股のモノがパンパンに張り詰めるから恥ずかしくて仕方ないというのに、アーサーはこれをしたがるから困ってしまう。

だけど誘いを断る理由もないわけで。

恥ずかしいけれど、幸せで気持ちいいことなのだと、体が覚えてしまったから。

オズオズと唇を少し開くと、すぐさま舌が入り込んできた。同時に後頭部に手が添えられる。

手のひらから、逃がさないという意思がありありと伝わってきて、胸がキュンと疼いた。

まさかアーサーに対して、こんな感情を持つなんて。数ヶ月前の僕からは想像もつかない。

あの頃はこういった行為をするアーサーに嫌悪感を抱いていたというのに、今ではそれを喜んで受け入れる僕がいる。

口内に入り込んだアーサーは、あっという間に舌を搦《から》め捕《と》って擦り合わせた。

「んっ……」

甘い刺激に、腰がピクンと跳ねた。

「はぁっ、ぁん……」

湧き立つ快感に小さく喘《あえ》ぐと、後頭部に添えられた手がゆっくりと髪を撫でる。

ヨシヨシとあやしているような手付きにますます胸が擽ったくなって、僕も夢中で舌を動かし続けた。

どれだけの間、淫らなくちづけを交わしていたのだろうか。

やがてアーサーの唇がゆっくりと離れていった。失われていく熱が名残惜しくて、少し寂しい。

「そんな顔をするな」

アーサーが苦笑しながら、また僕の髪を撫でる。

「これ以上すると、抑えきれなくなる」

見ればアーサーの股間も、パンパンに張り詰めている。

あれだけ男をとっかえひっかえしていたアーサーだけれど、僕にはキス以上のことをしようとはしなかった。

房事など何も知らない初心な僕に合わせて、ゆっくり進んでいこうと言ってくれたのだ。

これまでアーサーにとってセックスとは、心にポッカリと空いた穴を埋めるための行為だったらしい。

人肌の温もりが、寂しさを忘れさせてくれる。

けれどその温もりが失われれば、また虚しさに襲われる。

だから絶え間なくやってくる候補者たちを抱きまくっていたのだと、アーサーはバツが悪そうに告白してくれた。

『ジュリアンの場合は、側にいてくれるだけで心が温かくなるから、無理に肌を合わせる必要がない』

そう言って僕のペースに合わせてくれるから、未だにハグとキス止まり。

とはいえ初心者の僕にとって、アーサーの行為は刺激が強すぎる。キスだけで何度腰が抜けそうになったことか。

そのせいで下着が濡れてしまい、取り替えたことも一度や二度ではない。

正直この先に進んでみたい気もある。

僕だって健全な男なのだ。アーサーと、もっとエロいことがしたい。

だけどやっぱり、いざヤるとなると若干の恐怖を感じるのも事実で……。

「ごめんなさい」

股間をパンパンにさせておきながら、何もしてあげられないのが申し訳なくて謝罪する。

「気にするな。ただ、そろそろ次に進みたいのも、たしかなんだが……」

「うっ、そうですよね……」

「それで、だ。婚約発表パーティーの後、朝まで一緒に過ごしてくれないか」

パーティーは再来月、議会で承認されたらすぐに行われる。そのとき、ついに僕は……。

突然張られたゴールテープに、心臓がバクバクと音を立てた。

「嫌か？」

「そ、そんなことはないですっ！」

本当に嫌ではないんだ。ただいきなりのことにビックリして、緊張しただけで。

だけど。

——いつまでも怖じ気づいているわけにもいかない。

僕だって本当は、抱き合いたいと思ってるんだもの。

アーサーがせっかく期限を設けてくれたんだ。それまでに、しっかりと覚悟を決めよう。

「わかりました。その……僕も、楽しみに、してます、から……」

「……っ、ジュリアン!!」

モジモジと小さな声で、けれど最後までしっかり気持ちを伝えた僕を、感極まったらしいアーサーが抱きしめた。そして再び唇を塞がれる。

「んんっ」

再び始まった激しいキスに思考が蕩かされ、幸せな気分に浸っていた僕だったけれど。

ここはバトル・ロイヤルBLゲームの世界。

主人公でない僕に優しくしてくれるほど、世界は甘くはなかった。

それまでも何かと騒がしかった周囲の声が、少しずつその響きを変えていることに気づいたとき、事態は取り返しのつかないところまで来ていたのである。

＊＊＊＊＊

アーサーの婚約者と目されるようになってから、周辺が一気に騒がしくなった僕だけれど、近頃それらの中に不可解な声が混じり始めたことに気づいた。

僕を遠巻きにしながら、ヒソヒソと囁かれる声。

皆が眉を顰《ひそ》めながら、嫌悪感丸出しで僕を見つめる。

同じ婚約者候補やその取り巻き連中などから、このような目で見られることはよくあるけれど、関係のない貴族たちや使用人までもが、僕を嫌な目付きで見るのだ。

――なんだろう……。

一体僕が何をしたというのか。全くわからないまま、王宮内の空気は日に日に重くなっていく。

そんなある日。

中庭までの移動中、僕は思わぬ会話を耳にしてしまった。

話をしていたのは二人の洗濯担当の下女だ。

「まぁ、またなの？」

「そうなのよ。本当に嫌になっちゃう。シルクのシャツにインクをぶちまけられたら、染みが落ちないっていうのにさ。見てよこれ。ほら」

「あらいやだ、いつにも増して凄いじゃない」

「またヒステリックに叫んで、周囲に当たり散らしたらしいわよ」

「何様だと思ってるんだろうね。まだ正式な婚約者ってわけじゃないんでしょう？」

下女の言葉に息を呑む。

王子さまの婚約者……僕のこと？

シャツにインクをかけたって何？

まったくもって身に覚えがない。

彼女たちが一体何の話をしているのか、全くもってわからなかった。

「これで何度目だろうね。インク壺を投げつけられた坊ちゃんが、泣きながらあたしにこう言うのよ。『シャツをジュリアンに汚されてしまったんだ。悪いけど染みを落としてくれないか？　殿下からいただいた大切なシャツなんだよ』って。王子さまが自分以外の人間に贈り物をしたのが、そんなに許せないのかね」

「嫉妬深いって有名だからね、ジュリアンってやつは。掃除婦から聞いた話なんだけどさ、あの子が担当している部屋の候補者も、本や服を破かれたりして泣いてたらしいわよ」

「ほかの候補者にまで嫌がらせをしてるの！　本当に性悪な男なんだね、ジュリアンってやつは」

下女たちは僕の悪口を言いながら、持ち場に向かって去っていったようだ。

シンと静まりかえる廊下。僕はその場から動けずにいた。

──嫌がらせだって……？

僕はそんなことをしていない。だけど彼女たちは「またヒステリックに叫んで」と言っていた。

どうやら下働きの間では、僕が頻繁に悪事を働いているという認識が広がっているようだ。

なぜそんな話が──？

そこまで考えて、ハッと気づいた。

ゲームのジュリアンはアーサーを愛するがゆえに、過激な行動に走るのだ。主人公の私物を壊したり大声で怒鳴りつけたり、悪逆非道の限りを尽くす。

――この状況って、ラブバトのジュリアンと一緒じゃないか。

なぜ……？　どうしてこんなことに……？

あまりのことに混乱して、僕はその場にへたり込んでしまった。

ラブバトではジュリアンが過激な行動に及ぶほどに、アーサーの心は主人公へと傾いていく。

――このままだと、アーサーはリオンのことを好きになってしまうかもしれない。

なんとかしなければ。

だけどどうする？　どうしたらいい？

良案は何も浮かばない。

なんの手立ても講じられないまま、僕に関する不穏な噂は日を追うごとに増していった。

人々の語る〝ジュリアン〟は、紛うことなき悪役令息そのもの。王宮に来てからずっと、ほかの候補者に対して悪逆非道の限りを尽くしていた、悪鬼のごとき男だ……なんて噂まで立っている。ジュリアンを伴侶にしたらこの国は終わりだ、という声も上がっているそうで、もう頭を抱えるしかない。

それだけではない。両親から届いた手紙には『妙な噂が流れているが事実無根と信じている』と記されていた。

馬車で片道二日はかかる田舎の領地にまで、僕がやったとされる悪事が轟《とどろ》いているらしい。

もちろん家族や使用人、領民は、それを信じていないようだ。けれど噂がこれほど広まっているとなると、皆に迷惑をかけてしまうかもしれない。

特に結婚したばかりのジュリアンは、婚家に何か言われていないだろうか……僕のせいで辛い思いをしていたらどうしようと悩み、眠れぬ夜も増えてきた。

このまま悪い噂が流れ続けたら、再来月行われる議会で僕を婚約者にするという話が、否決されてしまうかもしれない。そうなったら僕は、アーサーと結婚することができなくなってしまう。

せっかく両想いになれたというのに……。

焦る僕とは対照的にアーサーは鷹揚《おうよう》に構えているものだから、思わずムッとする。

「こういうときは無理に噂の収束を図ろうとせずに、普段どおりに構えていたほうがいい」

「そうは言っても……」

議会前の一番大切なときなのだ。焦るなというほうが無理というもの。

「躍起になって噂を否定すればするだけ、『あんなに必死になるということは、やっぱり噂は本当なのでは？』なんて、別の憶測が生まれやすくなるものだ」

アーサー曰く、人々は僕を次期国王に見初められた幸運の持ち主と捉えていて、この状況を羨む者は候補者以外にも多数いると見ていいそうだ。

強い羨望は憧れだけでなく嫉妬ややっかみをも齎すようで、幸せの真っただ中にいる人間をこき下ろして鬱憤晴らしをしようと考える人間もいるからな……とアーサーは語った。

「悪意ある噂や憶測というのは、当事者以外には相当美味な蜜の味だからな。真偽など関係なしに、言いたい放題だ。だがジュリアンは悪事など働いていないのだから、噂など無視して堂々としていればいい」

「ですが……」

「まあ、ジュリアンが心配になるのもわかるがな。噂の広まり方が少しおかしい」

「と、申しますと？」

「あまりにも早すぎるとは思わないか？　俺のときだって、こんな速度で広まったりはしなかった」

さすがは長年の醜聞王。言うことが違う。

「それに王太子の婚約者選定は、王家にとって最大の重要案件。候補者に対して悪意ある憶測を広めるのはもちろん、下働きまでもが悪口を言いふらすなど、許されることではない」

身分の低い者が、貴族令息の悪口を言っているだけでも大問題。最悪の場合、罪に問われて投獄されかねない。

「ましてやジュリアンは俺と違って、全くの事実無根だからな」

「信じて……くださるのですか？」

僕の言葉にアーサーは、当然だろう？　と、こともなげに言った。

「ジュリアンは大半の時間を俺と過ごしているからな。悪事を働く暇なんて、あるわけがない」

アーサーの言うとおり、今の僕は一日のほとんどを彼と過ごしているのだ。

さすがに寝るときは別だけれど、朝起きるとアーサーがやってきて共に朝食を取り、その後は一緒に勉強をしたり、気晴らしに散歩や遠駆けを楽しんだり。

一時はほかの候補者たちとも行っていた勉強会は、僕を婚約者に定めたアーサーの希望で中止となり、今では僕と二人きりで行われている。

「ジュリアン以外の男と密接な時間を作って、彼を悲しませたくない」というのが理由なのだけれど、アーサーが僕のことをどれだけ大切に想っているかが如実に伝わってきて、涙が出そうになるくらい感動したのは内緒だ。

そして夜も入浴の時間ギリギリまで僕の部屋で過ごし、名残惜しそうに自分の部屋へと戻っていく。

これがここ最近の、僕らの生活パターンだ。

行動が別になるのは、アーサーに何か外せない用事ができたときくらい。

そのとき僕は部屋から一歩も出ないから、誰かに嫌がらせをするような時間などないというのに。

「十中八九ほかの候補者たちの仕業に違いないだろうが、あまりに手口が巧妙すぎて、ほかにも何か企んでいるのではないかと心配になってしまう」

「それは……僕も同感です」

どうすればいいんだろう。不安が再び襲いかかる。

「大丈夫だ」

アーサーの温かい手が、僕の肩に触れた。

「何があっても、俺がジュリアンを守るから」

「アーサーさま……」

「というわけで、今夜から一緒に寝よう」

「……はい？」

守るという話がなぜ、寝る話になる？

「ジュリアンは一人きりになると悪事を行うと、吹聴《ふいちょう》されたらどうする。どんなに否定をしても、やっていないことの証明は難しいだろう」

「それはまぁ、そうですね」

僕がやっていないことを証明する人が存在しなければ、疑いを晴らすことはできないかもしれない。

「だが夜も二人一緒にいれば、ジュリアンが何もやっていないことを俺が証明できる」

「ですがアーサーさまが不在の場合は？　そこを突かれたら元も子もないと思います」

「俺の部屋には使用人が大勢いるからな。そいつらが証人になれる」

アーサーは次期王だけあって、侍従の数も半端ない。中には着替えさせるだけや、お茶を淹れるだけが仕事という侍従までいるのだ。

彼ら全員が、僕が何もしていないと証明してくれたら……これほど心強いことはないだろう。

「というわけで、今日から俺の部屋に来い」

「え……でも、それはちょっと……」

「嫌なのか？」

「そんなことは……」

驚くほど広いアーサーの私室に、ベッドが一つしかないことを僕は知っている。だから泊まるとなると、一つのベッドで寝ることになるというわけで……。

それって本当に大丈夫？　婚約発表パーティーの夜に、次のステップに進もうって話だったのに、その前に一足飛びでアレコレしちゃわない？　僕、まだそこまで覚悟ができてないよ？　そこは俺を信用してくれって？　ごめん、それはちょっと難しいなぁ……だってアーサーだもん。

混乱する僕にアーサーは「大丈夫だから」と何度も優しく言ってくれたけれど、平常心はなかなか戻ってきてくれない。

「ただ一緒に寝るだけだ」

「本当に？　何もしませんか？」

「もちろんだとも……最後までは絶対にしない」

最後までは？

最後までもって！

「じゃあ、もしかしたら途中までは……」

「…………最後までは、しないから」

あ、これ絶対信用できないやつ。

アーサーの言葉に危機感を抱いた僕だったけれど、身の潔白を証明するためだからと押し切られ、結局はその日からアーサーの私室で生活することに。

そのおかげで新たな噂が立つようなことはなく、僕の周囲は徐々に落ち着きを取り戻していった。

もちろん完全に消えたわけではなく、声高に話す者が減ったというだけのことだけれど。

それでも今の僕にとっては、心から安心できることだった。アーサーが考えたとおり、僕がやっていないことを証明できる人間が増えたのがよかったのだろう。

唯一の誤算は、僕が大人の階段をちょっとだけ上ってしまったことかなぁ……。

キスのみで済んだのはたった一日だけ。その後はあれよあれよという間に、裸のお付き合いが始まってしまった。

やっぱりね！　と思わずにはいられない。

アーサーの手が体の上を滑り、僕の弱いところをやわやわと、だけど確実に刺激していく。

「んっ……アーサーさま、そこは」

僕を背後から抱きしめる形で座るアーサーに胸の飾りを摘まれて、腰がピクリと仰け反った。

薄桃色した小さな突起が、みるみるうちに硬く膨らんでいく様は、アーサーの指が行き交うのを喜んでいるようだ。

胸がこんなにも気持ちいいなんて……自分の体だというのに、全く知らなかった。

「ジュリアンはここが好きだよな。ほら、もうこんなになって」

「いやぁ……そんなこと言わないでっ……」

羞恥のあまり思わず目を背けた僕に、アーサーはなおも意地悪いことを言う。

「駄目だ。見るんだ、ジュリアン」

艶のある声で命じられてソッと目を開けると、天に向かってピンと立ち上がる胸の尖りが見える。

「少ししか触っていないのに、すっかり硬くなってしまったな。こうして触られるのが、そんなに好きか？」

言いながらアーサーは、クニクニと指先で乳首を転がした。

「あうっ」

「ますます硬くなってきた。いつも清廉な空気を纏わせているジュリアンが、たったこれだけでこんなにも乱れるなんて、誰が想像できようか」

指先に力を入れて、キュッと摘まみ上げるアーサー。痛いくらいの刺激に体が震えるけれど、決して嫌悪するようなものではない。むしろ僕の体は激しい快感に打ち震え、喜びを顕わにしている。

それが証拠に股間のモノは乳首以上に硬く膨らんで、こちらも刺激してほしいと言わんばかりにピクピクと蠢《うごめ》いた。

「はぁっ……アーサーさまぁっ……」

荒い息を吐きながら後ろを振り返ると、すぐにキスが降ってきた。

舌と舌を絡め合わせるたび、呼吸音だけが響いていた寝室に、ピチャピチャと淫らな水音が立つ。その音すらも快感に変換されて、股間がさらに硬さを増していく。はしたなく反応してしまう体が、恥ずかしくて堪らない。

背中に当たる、ゴリッとした感触。アーサーも相当興奮しているようで、荒ぶる雄を隠しきれなくなっている。

ちなみに僕がかつて嫌悪していたアーサーのアレは、とんでもないほどに雄々しいものだった。一種の神々しささえ感じてしまう。

これがR18BLゲーム攻略対象者のナニか。さすが……えっと、あれだ。ご立派だ。

僕のモノとは大違い。

「ジュリアン、いいか？」

少し上擦った声で、アーサーが問う。この後何をされるのか……この数日間のやり取りで、容易に想像がつく。

ドキドキと高鳴る胸を押さえながらコクリと小さく頷くと、アーサーは体勢を変えて僕を組み敷いた。

手際よく寝間着を脱がされ、あっという間に素っ裸にされる。この辺りの手際のよさは、さすがとしか言いようがない。

アーサーは自らも全て脱ぎ捨てると、僕に覆い被さって再びキスをした。

口内を夢中で貪《むさぼ》るアーサーの背中に腕を回し、ギュッとしがみつく。ピッタリ触れ合う肌と肌。当然のように僕たちのアレも重なり合って……。

「んんっ!!」

直接的な刺激に、甲高い嬌声が上がる。

僕のモノはすでに喜びの蜜を溢れさせていて、アーサーの屹立《きつりつ》が触れるたびにクチクチと粘着質な水音を奏でた。

ヌルヌルの亀頭に加えられる刺激はあまりにも強烈で。

気持ちいい……けれどもっと明確な快感も欲しい僕は、頑張って腰を振りながらお互いのモノを擦り合わせることに必死になった。

そんな僕を見てアーサーは「もう我慢できないのか？」なんてことを言いながらクスリと笑う。

……なんか一人だけ、超余裕じゃない？

僕だけ必死になってることが悔しくて、アーサーの唇にカプリと噛みつく。そのままハムハムと甘噛みを続けていると、ついにアーサーが肩を震わせて笑い出した。

「そんなに気持ちよくなりたいのか？」

何を当たり前のことを！　気持ちよくなりたいに決まっているじゃないか！

アーサーの物言いにちょっぴり腹が立った僕は、そのままジロリと睨《ね》めつけた。僕の機嫌が悪くなったことを察したのか、アーサーは「すまん」と謝ると、重なり合っていた二つのモノをひと纏めにして握り込んだ。

「あっ……」

期待していた行為に胸躍らせた僕の口から、思わず甘い声が漏れる。

アーサーは握り込んだ手を上下に動かすと、激しい刺激を加え始めた。

「あぁあっ!!」

待ち望んでいた激しい快楽に、僕の頭は一瞬で思考をなくした。

もはや「気持ちいい」「もっと」以外の言葉が出てこない。

「あんつ、はあぁん！」

さらにヌルつき、滑りのよくなった屹立を刺激するアーサーの手が、速度を増した。それに合わせるように腰をカクカク動かして、さらなる快感を貪る。

「あっ、アーサーさまっ、ぼく、もうっ……！」

「いいぞ、イってしまえ……俺ももう……」

「や、だめっ、イっちゃぅ……あっ、イくっ!!」

一気に高まる射精感を抑えることもできずに、僕は絶頂を迎えた。ほどなくしてアーサーの屹立も白濁を吹き上げる。

薄い腹の上に溜まる、二人分の精液。

たっぷりと放たれた白濁は、少し身じろぎしただけでシーツの上に流れて落ちた。

酷く淫靡な光景に、先ほど達したばかりだというのにもかかわらず、僕は興奮を抑えることができない。

「気持ちよかったか？」

僕の髪を撫でながら問うアーサー。優しい眼差しに、多幸感が高まっていく。

「凄く、よかったです……アーサーさまは？」

「もちろん、気持ちよかったに決まっている。最高だ」

頬にキスをするアーサーだけれど、本当はもっとしたいのではないかと心配になってしまう。

こんなことをしておきながら、僕たちの房事はここでおしまい。これ以上先には進んでいな

い状態だ。

理由はひとえに、アーサーが僕との約束を守ってくれているから。

なんの効力もないただの口約束だ。破ろうと思えば簡単に破れるだろうに、アーサーはそれをしなかった。

とにかくひたすら僕の気持ちを優先させて、最後の一線だけは越えずにいてくれる。

それが却って申し訳ないと思いながらも、けれどアーサーの気持ちがひたすらに嬉しくて。

早く婚約発表パーティーが来ないかな、なんてことまで考えてしまう。

再来月の議会を迎えるまでに妙な噂が収束して、なんの愁いもなくパーティーを迎えられたら最高なんだけれど。

そう願っていたのに。

ゲームの強制力は、どうあっても僕を悪役令息にしたいらしい。

次なる悪意は、アーサーとの触れ合い会で起こってしまったのだった。

＊＊＊＊＊

アーサーが僕を婚約者と定めた後も、触れ合い会は続いていた。

なぜなら僕はまだ、正式な婚約者ではない。内定するまで何が起こるかわからないから、候補者全員とのお茶会を続行するようにと、王からお達しが出たのだ。

僕の悪評は王の耳にも届いているそうで、議会が判断を下すまではほかの候補者とも、仲を深めておけということらしい。

アーサーはそれを凄く嫌がったが、王命には逆らえない。

僕もショックだったけれど、ただの候補者に反論などできようはずもなく。

アーサーと二人、しぶしぶ触れ合い会に参加することにしたのである。

「王に呼ばれているから、先に行っていてくれ」

と言われて、アーサーの侍従と共に会場である中庭に出た僕を待っていたのは、ほかの候補者たちの冷たい視線だった。

挨拶をするも、返ってくる言葉は当然ない。無視することに決めたのか。

さすがに居心地が悪いので、ほかの候補者たちとは別のテーブルにつく。

僕以外の三人は、「アーサーさまはまだ来ないかな」なんて話で盛り上がっているが、そういえばリオンの姿が見えない。

どうしたんだろうと考えているところにアーサーがやってきたため、一人不在のまま会は定刻通りに始まった。

表面上は穏やかな雰囲気で始まったものの、ほかの候補者たちが僕に対抗しているのは手に取るようにわかる。

初めは僕と別のテーブルにいた候補者たちだったけれど、全員立ち上がってアーサーの元へとやってきた。そしてやたらとベタベタするのだ。まるで……いいや、これは確実に見せつけているな。

けれどアーサーは纏わりつこうとする候補者を素気なく遇《あしら》い、「ジュリアン、お茶のお代わりは要るか？」「この菓子は美味いぞ」などと言って、僕ファーストであることをアピールしている。

ちなみにアーサーが勧めてくれたお菓子は、なんとあのリソルなのだ！

素朴すぎるゆえに城では一度も見たことがなかったのだけれど、僕の好物だと知ったアーサーがパティシエに命じて作らせるようになったのである。

アーサーの気遣いと優しさに心打たれたのはここだけの話。

内心ウキウキとリソルに舌鼓を打っていると、急に辺りが騒がしくなった。誰かが何かを叫んでいるようだ。

何ごとかと思って声のするほうに目を向けると、そこにはリオンの姿が。彼は小さな箱を手に、ポロポロと涙を零しながら僕を睨んでいる。

なんだか嫌な予感がした。

「ジュリアン！　君という男は……もう絶対に許せない!!」

ヒステリックに怒鳴るリオンに、僕もアーサーも困惑が隠せない。

「リオン、落ち着け。一体どうしたというのだ」

アーサーが問いかけると、リオンは涙を拭こうともせずに大声を張り上げた。

「ジュリアンがぼくら候補者を憎んでいるのは知っていました。アーサーさまと関係を持ったことを恨みに思い、数々の嫌がらせをジュリアンはしてきたのです。だけどせいぜい服や本を汚されたり壊されたりする程度だったので我慢してきたのですが、これはあまりに酷すぎます!!」

そう言ってリオンは、持っていた箱を勢いよく開けた。全員の目が釘付けになり、次の瞬間、候補者の一人がけたたましい悲鳴を上げた。

ほかの候補者や周囲にいた侍従、侍女らも次々と騒ぎ出したため、会場は一気に騒然となった。

リオンが差し出したもの。

それは鼠の死骸だった。

「部屋を出る前、ジュリアンの使いがやってきて、ぼくへのプレゼントだというので受け取ったんですが、中にこれが……」

リオンはそう言って、再びハラハラと涙を流した。

「今まで被害に遭っていたのはぼくたちだけで済んだから、我慢しようねって皆で話していたんです。だけど、なんの罪もない小さな鼠を殺して、それを送りつけるなんて……なんて見下げた根性なんだ！　恥を知れっ!!」

そう断言された僕の脳裏に浮かんだのは、ラブバトに出てきたエピソード。

主人公に嫉妬したジュリアンが、彼の部屋の前に小動物の死骸を置くシーンが、たしかにあったのだ。

ゲームと違っているのは、部屋の前に置かれていたはずの死骸が、なぜか箱詰めされて贈り物として届けられたこと。

そして「恥を知れ」のセリフは、主人公ではなくアーサーが発する言葉だった。

それ以外はゲームとなんら変わるところはない。

まるでゲームの再現したかのような出来事に、ザッと血の気が引いていくのを感じた。

もちろん僕は鼠を殺してなんかいない。モフモフを愛する僕に、そんなことができようはずがないのだから。

だけどこの状況を、アーサーはどう思っているんだろう。

ラブバトのアーサーは、主人公の言うことを頭から信じて〝ジュリアン〟を罵倒した。そしてその後、主人公を慰めて、そのままR18展開になだれ込む。

まさか、今ここにいるアーサーも……？

最悪の事態を想像して、全身がみっともないくらいにガクガクと震えてしまう。

そんな僕を、アーサーは無言で引き寄せた。逞しい胸に大人しく収まった僕を、アーサーが力強く抱きしめる。

「皆、静まれ」

アーサーの一言で、混乱していた場に沈黙が下りる。

「リオン」

彼の名を呼ぶアーサーの声に、心臓が嫌な音を立てた。

アーサーは何を言うつもりなんだろう。血の気が引きすぎて、目眩までしてきた。

「その鼠は、本当にジュリアンから贈られたものなのか？」

「使いはたしかにそう言っていました」

「その言葉が真実であると、証明できるか？」

「……それは」

リオンは言い澱み、チラリと顔を動かした。そこには大勢の侍従や侍女たちが控えている。

目線の先にいたのは、アーサーの侍従だった。

侍従をまっすぐ指さしたリオンは、

「この箱は、彼が持ってきたのです。詳しいことは、彼に聞いていただければ」

と言った。

全員が一斉に件の侍従を見つめる。

「リオンはそう言っているが、どうなのだ」

アーサーが侍従に問うと、彼は突然平伏して大声で叫んだ。

「申し訳ありません！　リオンさまの言うとおり、ジュリアンさまの命令で私が鼠を渡しました！」

「はっ……？」

侍従の思わぬ発言に、頭の中が真っ白になる。

僕の命令だって？　そんなこと、僕はしていない。

一言も発せない僕に変わって、侍従は聞かれてもいないことまでペラペラと語り出した。

曰く、アーサーが王に呼ばれて部屋を去ったあと、僕は侍従に鼠を獲ってくるよう命じたらしい。

訝しげに思いながらも命令に従った侍従は、一匹の鼠を捕獲。それを僕は嬉々として踏み潰し、殺してしまったのだとか。

そして死骸を箱詰めし、リオンに届けさせた——ということだった。

「ジュリアンさまは、殿下とリオンさまの仲に嫉妬しておいででした。命令に背けば鼠のように殺すと言われて、仕方がなかったのです！」

侍従の叫びに、辺りは再び騒然となった。

誰もが侍従の言葉に耳を傾けている。僕がやったと、信じて疑っていない。

——なぜ嘘の証言なんか……僕は何もしていないのに！

これがゲームの強制力というものなんだろうか。やってもいない悪事が、どんどん積み重なっていく。

ラブバトは……この世界は、僕を悪役令息の立場から逃がさないつもりなの？

最後に僕はアーサーの愛を失って、断罪される未来しか残されていない……？

そう考えてゾッとする。体の震えは止まるどころかいっそう大きくなって、ショックのあまり意識が朦朧《もうろう》としてきた。

「アーサーさま。ジュリアンとこの侍従に罰をお与えください」

リオンの厳しい声が僕を揺さぶる。アーサーはどうするのだろう。

顔を上げてチラリと彼を見ると、優しい眼差しが返ってきた。

そのことに、幾分ホッとする。

「今の話が嘘か真実か、まだわからん」

そう言ったアーサーは、警護の騎士らに侍従を拘束させた。

「まずは詳しく取り調べろ」

「そんな！　私は真実しか語っておりません！」

必死に言い募る侍従だったが、アーサーはそれを無視した。侍従は騎士に両脇を抱えられ、引きずられるようにしてその場から連れ出される。

「ジュリアンも拘束してください！」

そう叫んだのはリオンだけではない。ほかの候補者たちも、そうだそうだと賛同する。

「静まれ！　ジュリアンの取り調べは、俺自らが行う」

「そんなっ!!　ジュリアンも侍従と同様に、厳しく詮議すべきはないのですか!?」

なおも食いつくリオンだったが、アーサーの鋭い眼光に口を噤んだ。

「お前は王族である俺に対して、意見するつもりか」

「い、いいえ。ぼくはただ」

「お前はいつから、俺よりも偉くなったのだ。次期王である俺に命令できるのは、陛下ただお一人。お前は自分を、陛下と同列と考えているのか？」

「そんなことはありません！」

「ならば口出し無用。これ以上何か言ったら、ただでは済まさん」

威圧感たっぷりに言い放ったアーサーは、僕を連れてその場を後にした。

「ジュリアン、大丈夫か？」

フラフラになった僕を、アーサーが気遣ってくれる。けれど僕に、答えられるほどの力は残されていなかった。

頭を占めていたもの、それは。

――このまま物事が進んだら、僕はどうなってしまうんだろう。

ただ、それだけ。

ゲームと同じく、アーサーの愛を失ってしまうかもしれない……そんな不安に苛《さいな》まれ、涙を流すことしかできずにいたのだった。

鼠の死骸にまつわる一件以降、僕は窮地に立たされた。

それまで散々悪評を流されていたせいもあるのだろう。人々は皆、リオンの言葉を信じたのだ。

さらには侍従の発言が嘘であると確証が得られていないことも、僕がやらせたのだという噂に拍車をかけた。

彼が僕に命じられたと証言した時間は、ほかの者はアーサーに付き従っていたり、触れ合い会の準備で忙しく、部屋には僕と件の侍従の二人しか残されなかったのだ。

中でどんな話し合いが行われたか、知る者はいない。

だから彼の話が本当かどうか、誰一人としてわからない状況なのだ。

事態を重く見た王は、僕に王宮の片隅にある尖塔で謹慎していろと命じた。鼠を平気で殺した疑いのある男を、アーサーの近くには置けないというのだ。

万が一にもアーサーが害されては困るというのが、王の言い分だった。

アーサーは断固拒否したが、僕には王の気持ちも理解できる。だってアーサーは次期王なのだ。万難を排して当然の立場なのである。もしも僕が王ならば、やはり同じ事を考え、命じたことだろう。

だから僕は命令を受け入れた。

尖塔の一部屋に移動して、事件の全容が明白になるまで、たった一人で謹慎することにしたのだ。

とはいっても、本当に一人というわけではない。僕の世話をする者も一緒だ。

名目上は使用人や護衛となっているが、実質見張りと言ってもいいだろう。

僕が謹慎部屋にいる間、一挙手一投足が王に報告されるのだ。

ここでの様子は、議会にも伝えられることだろう。それも加味されたうえで、僕を婚約者にしていいかどうかの決が採られる。

議会がどういう判断を下すのか……現状を鑑《かんが》みるに、あまり楽観できそうにはない。

侍従が、あれは嘘の発言と言ってくれれば状況も変わると思うけれど、それは望み薄のような気がする。

だから僕はできるだけ、この部屋で静かに慎ましく過ごしているのだけれど……アーサーと離れ離れの日々に、早くも心が折れかけていた。

アーサーはあれから毎日のように部屋を訪れ、僕を励まし、慰めてくれる。その言葉にどれだけ勇気をもらったことか。

けれど一日の面会は十分のみと決まっていて、アーサーが帰った後は言いようのない寂しさが僕を襲う。

領地から戻ったあとの僕たちは始終一緒で、最近では共寝までしていたのが、今はたった一人……。

あの力強い温もりが恋しくて堪らない。

「アーサーさま……」

恋しい男の名をポツリと呟く。呼んだところで、どうにもならないというのに。

このままゲームのとおりに話が進んで、断罪されたらどうしよう……。

襲いくる不安と寂しさを胸に、今日もまた僕は涙で枕を濡らしたのであった。


そんな辛い日々を過ごすこと一ヶ月。思わぬ人物が僕を訪ねてきた。

なんの前触れもなく現れたのは。

「……リオン」

「やぁ、ジュリアン。調子はどうだい？」

リオンは部屋に入ってくるなり、そう尋ねてきた。

随分とご機嫌のようだ。僕の全身を舐めるように見回して、クツクツと嗤っている。

「おかげさまで、平穏な日々を過ごしているよ」

心の中は平穏とはほど遠くはあるけれど、リオンの前で弱い姿は見せたくない。だから、なんてことはないという顔をして、そう答えた。

リオンは僕の言葉を聞いて、あからさまに嫌な顔をした。

ゲームの主人公だけあって整った容姿をしているというのに、せっかくの綺麗な顔が残念なほど歪んでいる。

「それで、突然訪れた理由は？　先触れを出さないのはマナー違反だよ？」

「随分と余裕だね。自分が今、どういう立場にあるかわかっていないの？」

苛立ちを隠そうともせずに、リオンはぶっきらぼうにそう言った。

立場なら、充分理解している。だけど僕は無実なのだ。必要以上にオドオドした姿を見せる必要はないし、見せるべきではないと考えて、毅然とした態度を取り続ける。

胸を張る僕の姿に、リオンがチッと舌打ちをした。

舌打ち!?　主人公が舌打ちとかって!!

ラブバトのリオンは素直で健気でいじらしく、ジュリアンに虐められているシーンが可哀想だと応援するユーザーが大勢いたというのに。

今、目の前にいるリオンは、それとは全く真逆じゃないか。

僕がジュリアンの身代わりになったように、実はこの男も主人公の身代わりになって、ここにいるのでは……なんて勘繰ってしまうほど、性格が全然違いすぎる。

「ここに篭もったままでは、世の中のことがまるでわからないだろうと思って、ぼくが教えに来てあげたんだ」

「それはどうも、ご丁寧に」

「あの一件がどうなったか知っているかい？」

「膠着《こうちゃく》状態なのだろう？　アーサーさまから聞いている」

事件から一ヶ月が経っても、事態はほとんど動かなかった。

鼠の件以降、ほかの候補者たちも僕から受けた嫌がらせを全て訴え出たらしいけれど、こちらもやはり候補者たちの申告のみ。僕がやった証拠は一切ないため、鼠の事件同様に綿密な調査が行われることになったと聞いた。

だけどこれも難航していて、僕が無罪か有罪か、現時点で言えることは一つもないという。やってもいないことの証明が、これほどまでに難しいものだとは思ってもみなかった。

「だけど世間は皆、君がやったと信じて疑っていないよ」

「皆って？　一体どれだけの数が僕を疑っていると言うんだい」

「それ、は……この国の民、全員だよ！」

「へぇ、君は国民一人一人に対して、聞き取り調査でも行ったの？」

「そ、それは……」

「行っていないのだろう？　もしそれを行ったとしても、一ヶ月くらいで結果が出るわけがない」

こういうときに使う「皆」という言葉は、大体にして大袈裟なんだ。あたかも大勢が言っているように思わせて、相手の気持ちをかき乱す作戦なんだろうけれど、さすがに国民全員なんて分母が大きすぎて信憑性《しんぴょうせい》がないんだよ。

呆れたように、わざとらしくため息をついてみせると、リオンは面白いくらい顔を赤く染めて、怒りを顕わにした。

「そういう態度を取っていられるのも、今のうちだよ。君がやった証拠はないけれど、世論は君を婚約者にするなという方向に流れているからね。これだけ悪評ばかりが取り沙汰される男を、未来の伴侶に推そうなんて考える人間が、いるわけないいんだから」

「他人を蹴落とすために、罪をなすりつけるような行為を行う男たちのほうが、アーサーさまに相応しくないと思うけれど？」

「なんだ、気づいてたのか！」

僕の指摘に、リオンはケラケラと嗤った。

気づかないわけがないだろう。僕の悪評を流して、得をする人物は誰か。それを考えれば自ずと犯人が誰か、わかるというもの。

恐らく僕がアーサーさまに選ばれたときに、四人で相談して始めたことなのだと思う。そうじゃなければたかだか一ヶ月とちょっとで、これほどまでに悪評が広まるはずがないのだ。

ただ……彼らが共闘したとしても、腑に落ちない点がいくつか残されている。

噂や悪口というものは大体にして早く流れるものだけれど、それにしたって領地にいる家族の耳にまで届くほどなんて、あまりにも驚異的なスピードだ。

多分、四人の起こした悪事に乗っかった人間が、裏に潜んで扇動しているに違いない。

その人物が誰なのか。それさえ突き止めれば、この一件は瞬く間に収束を迎える気がするけれど、いかんせんこんな所にいては、犯人捜しも不可能だ。

全くの手詰まりである。

「まぁ、今の君にできることなんて、何一つないけどね！」

僕の内心を読み取ったかのような言葉を発したリオンに、思わずムッとする。

どうやら苛立ちが顔に出てしまったらしい。リオンがニヤリと嗤った。

「来月の議会で、王が君に沙汰を下すという話が出ている。それ次第で君は、アーサーさまと永遠に会えなくなるだろうね」

予定されていた婚約を決める議会の席が、僕に対する審判に変わったということか。

思ったよりも時間がない。

「もっともアーサーさまは、それを待たずして君を見捨てたようだけど」

「……なんだって？」

「あれ？　アーサーさまから何も伺ってない？　君がいなくなってせいせいしたのか、アーサーさまはまたぼくらをお側に置いてくれるようになったんだよ。ぼくもアーサーさまと二人きりの熱い時間を、何度過ごしたことか！」

リオンの言葉に、ガンと頭を殴られたような衝撃を受けた。

僕の知らないところで、まさかアーサーが……リオンと……？

「信じないならそれでもいいさ。だけど君はきっと、今の言葉が真実だって気づくことになるだろう。アーサーさまが今後ここを訪れなかったら、ぼくの話が本当だってわかるはず」

アーサーが……？

「嘘だ！　絶対に信じられるものか!!」

リオンの言葉を激しく否定したけれど、彼はフフンと嗤うばかり。部屋を出る寸前、

「君はこの暗い部屋の中で、候補者から脱落する日を一人寂しく待つがいいさ」

そう言って邪悪な笑みを浮かべると、今度こそ扉の外へと消えていった。

シンと静まりかえった部屋に、僕の激しい息遣いだけが響き渡る。

「絶対に、嘘だ……」

折れそうになる心を励ますように、何度も「嘘だ、嘘だ」と呟く僕だったけれど。

アーサーはそれから本当に、僕の前に姿を現さなくなったのだった。

◇8．断罪劇

リオンが突然押しかけてきたあの日から一ヶ月。明日はついに、僕がアーサーの婚約者になれるかどうかの話し合いが行われる。

外が今どんな状況なのか知る手立てのないまま、ついにこの日を迎えてしまった。

せめて少しだけでも状況を知ることができたらと思い、実家に手紙を出してみたものの、返事が届くことは終《つい》ぞなかった。

僕が書いた手紙は届けられることなく、王宮内で破棄されてしまったのだろうか。もしくは騒ぎの中心にいる僕を、家族が見捨ててしまったか……。

アーサーもあの日から、姿を見せてくれない。

つい十日ほど前に再び訪れたリオンが、「だから言っただろう！」と高らかに嗤ったけれど、そんなことにも心が動くことはなかった。

リオンが言うには、近頃のアーサーは毎日のように王と話し合いを行っているそうだ。候補者たちと一緒にいる時間すら取れないほど多忙を極め、次は誰を婚約者にするかを話し合っているようだと、もっぱらの噂らしい。

もちろんリオンは自分が婚約者だとはしゃいでいるけれど、僕には関係のない話なので黙って聞き流す。

そんな僕の様子が気に食わなかったのだろうか。リオンは鬼のような形相で、

「そんな態度が取れるのも今のうちだけなんだからね。何があっても君をここから追い出してやる。そのための有益な情報も、僕は掴んだんだから！」

そう言って去っていった。

何か切り札を掴んだようだけれど、そんなことはもうどうでもいい。アーサーと一切会えなくなったことが相当堪えて、反論する気も起きなかった。

唯一の心の慰めは、夕食のトレイに載っている一輪の花。

白いアスターが、ソッと添えられるようになったのは、いつの頃からだろうか。

殺風景でなんの娯楽もない小さな部屋に現れた、たった一つの鮮やかな存在。

瑞々しく咲く可憐な花に、くじけそうになる心を何度も励まされた。

けれどそれも、今夜で終わり。明日、アーサーに会える。

冤罪を問われ、ゲームのように断罪されるのか。

はたまた無実が証明されるのか。

全ては明日――。

*****

翌日は朝からどんより曇り空で、まるで僕の心の内を表しているように思えた。

塔に持ち込むことを許された数少ない私物の中から、一番上等な服を選んで着る。今後の人生が決まる大事な会議だから、もう少し立派な服が着たかったけれど、それすら許されていないのだから仕方ない。

四方を騎士に護衛されながら、会議場までの道のりをひたすら歩く。警護のためと説明されたけれど、これではさながら罪人のようだと気が滅入る。

ようやく辿り着いた会議場には、王とアーサー、そして僕以外の全員が集まっているようだ。一歩進むごとに、さまざまな視線が全身に絡みつく。

前方に、リオンやほかの候補者たちの姿。四人ともニヤついた顔で僕を見ている。

こういう表情に不信感を抱く人間が、この会場にはいないのか？

いないのだろうな。だから僕は今、こういう状況に陥っているのだ。うん、納得。

定められた席に着くと、ほどなくして王とアーサーの入場を宣言する声が響いた。

弾かれたように全員が起立する。

ゆっくりとした歩みで現れた王とアーサーは、会議場前方に設えられた王族席に、それぞれ腰を下ろした。

アーサーの手には、分厚い紙の束が握られている。あれは一体なんだろう。

中身を推測する間もなく開会の宣言があり、僕の断罪劇はスタートした。

まず始めに行われたのは、僕がアーサーの婚約者に相応しいかどうかということだった。

数人の証言者が登場し、僕がやった悪事とやらを語っていく。

名前を聞いた限り、全員が候補者の親族のようだ。自分の一門から伴侶を輩出したいという熱意が感じられる。

発言内容はもちろん全て、身に覚えのないことばかり。

中には僕が小山ほどの大きさがある巨大な岩を、候補者に投げつけて殺そうとしただの、黒魔術で伝説の竜を召喚して襲わせただの、荒唐無稽な証言まで飛び出す始末。

いくらなんでも、話を盛りすぎだろう。

小山ほどの岩なんて騎士団長だって持ち上げられないだろうし、もしも本当に竜の召喚に成功していたら、その時点で大ニュースになったに違いない。

僕を追い落としたくて必死なのかもしれないけれど、それにしたってあまりに酷い。さすがにこれを信じる人はいないと、断言できるレベル。

発言にアーサーはときおり眉を顰めつつ、そして王は無表情のまま静かに耳を傾けている。

全ての証言が終わり、議長が僕に「何か意見は？」と問いかけた。

起立した僕は「全て身に覚えのないことです」とキッパリ告げる。

それに対して議員席から、反対意見やブーイングが沸き上がる。議場は一時騒然となったが、アーサーがおもむろに立ち上がったことで再び静まりかえった。

「議長。次は俺が発言してもいいだろうか」

「御意」

議長の許可を得たアーサーは、手にした紙を捲《めく》りながら厳かに語り出した。内容は全て、これまで出た発言に対する反論意見だった。

たとえば僕が、候補者の一人のシャツにインクをぶちまけて汚したとされる件。

それがいつ発生したものか、犯行時の二人の立ち位置、その後シャツをどのタイミングで洗濯に出したのか、染みができた範囲や位置など、候補者や洗濯係から細かく聞き取りした結果を報告したのだ。

「――以上のことから、ジュリアンがシャツにインクをかけるのは、不可能だと思われる」

「で、ですが！　僕は本当にやられたんです!!　ジュリアンに襲われて、凄く怖かったんですからぁ！」

泣きそうな声で反論する候補者に、アーサーが冷たい視線を向ける。

「俺がお前に話を聞いたとき、突然やってきたジュリアンがシャツを見て激昂し、机に置いてあったインク壺を手に取ると、それを投げつけたと言ったな」

「はい、たしかにそう言いました！　ジュリアンはすぐに怒鳴り散らす、怖い男なんです！」

「そのときお前はドアの近くまで逃げて、ジュリアンは窓際にある机から壺を投げつけたと。ドアと机は歩いて十五歩程度の距離。だがインクのついたシャツを専門家に見せたところ、そのくらい離れた所から投げられたにしては、インクの広がり方がおかしいと証言したぞ」

アーサーは手にした紙を、全員の前に提示した。

「これは鑑定結果が記された書類だ。ここに専門家の意見が纏められている。後で全員が閲覧できるようにしておくから、気になる者は目を通すといい。その前に一通り説明するが、遠くから投げた場合は泥跳ねのように勢いよく飛び散るらしい。しかし実際シャツに残された染みは、近距離で真上から垂らされたものと酷似していることがわかる」

「そ、そんな……」

「まだあるぞ。ドア側にいたお前に向かって壺を投げつけたと言うわりには、ドアにも壁にもインクが飛散した形跡がない。普通は体にぶつかった時点で、シャツ以外も汚れているのが当然なのに、それがないとはどういうことだ？」

「きっと清掃係が綺麗にしてくれたんです！」

「そう答えると思って、全清掃員にお前の部屋の清掃状況を確認してみた。だが誰一人として、インクの汚れを落とした者はいない。つまり、ジュリアンが怒ってインク壺を投げつけたという証言自体が、偽証である確率が高いと言うことだ」

「あっ……あぁぁっ……」

ガックリと膝から崩れ落ちる候補者。議場は一種異様な沈黙に包まれた。

「さあ、まだまだいくぞ」

手にした紙の束をパンと叩き、アーサーが大声で宣言した。

それはまるで、逆断罪を告げる合図のような響きを持って、場内に響き渡る。

これを皮切りに、僕が行ったとされる悪事に関する数々の証言を、アーサーは一つずつ論破していく。鬼気迫る表情とは裏腹に、発する声は至って冷静で落ち着いているのが逆に怖いくらいだ。

やがて全ての証言を潰し終えたアーサーは、「以上だ」と言って席に戻った。

場内が水を打ったように静まり返る。

やや間があって、「議長」と王が声をかけた。このままでは埒があかないと思ったのだろう。

促された議長がコホンと咳払いを一つして、「今の意見に反論できる者は？」と尋ねたが、
当然のように誰もが黙りこくったままだ。

「では次の議題に」

議長がそう言いかけたとき。

「少しよろしいでしょうか」

凛とした声が響いた。

まっすぐに手を上げて立ち上がった人物……それは、リオンだった。

「殿下の意見に、反論があるのかね」

「いいえ、一切ございません。あれだけの内容を短期間で全て調べ上げ、ジュリアン殿が無罪であるという結果に導いた手腕、感服しきりにございます」

「では、何かね」

「ぼくも一つ、告発させていただきたいと思います。それはジュリアン殿がついた、大いなる嘘に関することです」

リオンの言葉に、場内が再びざわめく。

僕に関する嘘は全てアーサーが潰した。これ以上は何も出てこないはずだ。

そう思う反面、以前リオンに言われた言葉が、僕を不安から解放してくれない。

『何があっても君をここから追い出してやる。そのために有益な情報も、僕は掴んだんだから！』

あのときリオンは、たしかにそう言っていた。

これまでとは全く違う、底知れない恐怖を感じる。

「ジュリアン・ボーモントの、大いなる嘘とはなんだね」

議長がそう尋ねると、リオンは僕の前まで進み出て、ビシリと指さした。

「この男はジュリアン・ボーモントではありません。兄のデリック・ボーモントです！」

「……っ!!」

リオンの叫びに、大きなどよめきが起こった。

さまざまな声が飛び交っているのが聞こえるが、僕はもうそれどころではない。

――なぜリオンがそのことを……？

僕と弟が入れ替わっていることを知っているのは、家族と執事や乳母だけ。他の使用人や領民だって、知らない事実。ましてや王都の貴族などに、わかるはずがないというのに……。

動揺して押し黙る僕を見て、フフンと嗤ったリオンは、なおも言葉を続けた。

「ボーモント家に仕える使用人の一人が、兄であるデリックが弟ジュリアンに対して『兄さま』と呼んでいるのを見かけたという情報が、ぼくの耳に入ったのです」

「そんなことは」

ない、と言いかけて思い出した。僕が王宮に向かう前日、夜中にやってきたジュリアンが部屋の前で『兄さま』と一言発したのだ。

件の使用人とやらは、それを偶然耳にしたのだろう。

まさかこんなことで秘密がバレるなんて……。

「この話が真実のように思えたぼくは、彼ら兄弟について内密に調査しました。すると乳母を務めていたという女性が見つかり、ボーモント兄弟の入れ替わりを証言してくれたのです」

「その話が真実である証拠は？」

議長に問いかけられたリオンは、落ち着き払った口調で言葉を続けた。

「兄弟が子どもの頃の肖像画を入手しました。ストレートの美しい髪を持ったのが兄で、クルクルの巻き毛に左目尻の下に泣きぼくろがあるのが弟とのことです」

リオンが懐から取り出したのは、やや大ぶりのロケットがぶら下がったペンダントだった。あの中に僕らの肖像画が入っているのだろう。

証拠の品が、裁判長の下へと運ばれる。中身を見た彼は肖像画と僕の顔を見合わせて、うーむと唸った。

肖像画を見ていない人々の視線も、僕の髪に集まっている。

癖一つない、まっすぐなストレートヘア。リオンが語った〝弟〟の特徴は、一つも持ち合わせていない。

「その話を聞いておかしいと思ったぼくは、秘密裏にボーモント領に人をやり、聞き込み調査を行わせました。やはり髪の毛の変化について、不思議に思った者もいたようですが、領主が『こちらがデリックだ』と言い切ってしまえば、反論できる領民などおりますまい」

「しかし領民の勘違いということも」

なおも疑問を呈する議長の言葉を遮って、リオンは高らかな叫びを上げた。

「乳母は告白してくれました。全てはデリック……王宮で長年ジュリアンと名乗っているこの男が言い出した、我が儘が発端であると。子どもの入れ替えを実行したボーモント家と、この男は、不届きにも王家を謀る大悪人にございます！　このような男が殿下の婚約者になるなど、あってはならないことです!!」

……やられた。完敗だ。

乳母を見つけたというのは、恐らく本当の話だろう。僕が身代わりになった理由を正しく説明できたのが、何よりの証拠だ。

これまでの作られた悪事とは違い、リオンが暴露した内容は真実の悪事。

秘密がバレた今、僕ら一家はどうなることか……。

そしてアーサーは？　ジュリアンの名を騙《かた》っていた僕を、アーサーはどう思うだろうか。

ガクガクと全身が大きく震えて、涙が溢れてきた。

怖い。

アーサーの反応を見るのが怖い……！

僕は反論一つできず、ギュッと目を瞑った。

カツンと、場内に足音が響く。アーサーが立ち上がり、こちらへ歩いてきているようだ。

一歩一歩近づく足音。

あぁ、どうしよう。いっそこのまま消えてしまえたら……！

怯える僕の体に、アーサーの手が触れる。

ビクリと体を震わせた僕の背を、アーサーは労《いたわ》るように撫でてくれた。

――え……？

思ってもみなかった行為に驚いて顔を上げた僕を、アーサーが優しく見つめている。

「アーサー、さま……？」

どうして？　アーサーはなぜ、こんな目で僕を見ているの？

てっきり罵倒されると思ったのに……。

不可解な状況に、理解が追いつかない。

ずっと僕の背を撫でてくれていたアーサーだが、やがてリオンに顔を向けると、衝撃的な一言を放った。

「それがどうした」

「……え？」

信じられない一言に、場内がざわめく。

「それがどうかしたかと、聞いている」

呆れを含んだ声で再び問うアーサーに、僕とリオンはポカンとした。恐らく場内にいる全ての貴族たちが、同じ思いをしていることだろう。

「それが……って……この男は王家に、アーサーさまに嘘をつき続けていたのですよ!?」

「そのことは俺もすでに把握しているから問題ない」

「はあっ？」

僕とリオンが異口同音に叫んだ。

まさか僕たち一家の秘密をアーサーが知っていたなんて……。

いつだ？　どのタイミングでバレたんだ？

混乱する僕を抱きしめたアーサーは、小さな声で「大丈夫か？」と囁いた。

「アーサーさま……」

「ずっと辛い思いをさせてすまなかった。今までの弁明をさせてくれ」

「弁明だなんて……そんなことより、僕もアーサーさまにお話ししなければいけないことが」

「よし。ではお互い、今夜は存分に語り尽くそう。だがその前に、この茶番を早いところ終わらせないとな」

僕を抱いたまま、アーサーは会場内に轟かんばかりの大声で語り出した。

「ボーモント兄弟の件については、また後日発表することもあるだろう。それよりも今は、重要な話がある。ボーモント兄弟の一件は、俺も陛下も以前から把握していること。陛下は当然、ボーモント家に対する処罰も検討されていた。だが俺はジュリアン……デリックを失いたくはない。そこでデリックの伴侶である俺が、この一件を全て引き受けることとなった」

アーサーは一度言葉を切って、大きく息を吸うと高らかに宣言した。

「俺の王位継承権と引き換えに、デリックの罪を贖《あがな》うこととする！」

シン……と会場が静まりかえったかと思うと、次の瞬間今度は一番のどよめきが広がった。

次代の王であるアーサーの、突然の継承権放棄。

国を揺るがす一大事だというのに、当のアーサーはなぜかスッキリとした顔をしている。

「なっ……え、なぜ……？」

絶句する僕に変わってそう尋ねたのは、リオンのほうだった。

彼とてアーサーの婚約者候補。次代の王のために集められた人材。なのに肝心のアーサーが継承権を放棄してしまったら、彼の立場がなくなるというもの。問い質したくなるのも、無理はないだろう。

しかも彼が投げかけた疑問は僕も聞いておきたかったことで、敵同士だったはずの僕らは揃ってアーサーの言葉を待った。

「放棄の理由か？　それについては、以前から考えていたことだ」

たった十年ぽっちの、お飾りの王。

僕に励まされ、短期間でも精いっぱい務めようと決めた反面、本当にそれでいいのだろうかとの疑問は彼の中で燻《くすぶ》り続けていた。

そんなときに起こったのが鼠の一件。

僕に謹慎を命じた王は、すぐに候補者リストから名前を消すつもりだったそうだ。

「醜聞を起こした者は王家に相応しくないとか言ってな。だが叔父上の本音は、俺の思いどおりにさせたくないの一点に尽きるのだろう」

理不尽とも思える状況下で、次第に無気力になっていったアーサーの評判はすこぶる悪いものだったが、王にとってはそれこそが望んでいたことだったのだという。

なぜならアーサーの評判がよければその分、彼に対して長く玉座にいてほしいと願う貴族が増えるだろうから。

それでは自らの子が王位に就いた際、要らぬ反発を招く恐れもある。だから王は、アーサーの評判を地に落としたかったのだ。

それをアーサーに指摘されても、王は何も答えようとはしない。否定も肯定もせず無言を貫き通す姿が逆に、アーサーの指摘の正しさを物語っているようだった。

事は王の思惑どおりに運んでいたものの、ここで思わぬことが起こってしまう。僕と過ごすようになったアーサーの評判が、次第に上がり始めたのである。

怠惰だった生活は一転して真面目なものに代わり、生来の頭の良さが随所で発揮されることとなる。今日の断罪劇でアーサーが行った反論の数々を見ても、彼がどれだけの実力を持っているかがわかるというもの。

しかし、それでは困るのだ。

アーサーには愚王になってもらわねば。

そして王は、僕を排除しようと決意する。

アーサーが以前疑問に感じていた、噂の奇妙な広まり方については、候補者たちが行っていたことを王が密かにバックアップしていたかららしい。どうりで噂があっという間に流れたわけだ。

それだけでなく、王は自ら掴んだ情報を積極的に候補者たちに渡していたのだとか。

我が家に忠誠を誓ったはずの乳母が、僕たちの秘密を暴露した理由もこれでわかった。王に問い詰められたら、誰だって口を割らずにはいられない。

裏で行われていたことを全て調べ上げたアーサーは、王に一つの取引を持ちかけた。

それこそが、ボーモント家が犯し続けていた罪を赦すことと引き換えに、アーサーが王位継承権を放棄するというものだったのだ。

「陛下は俺の提案に乗ってくれた。ボーモント家も兄弟の入れ替わりを行っただけで、ほかに悪事を働いている形跡はないからな。継承権の放棄程度が妥当なところだろう」

アーサーは事もなげにそう言うが、それがどれほど大切なものか、この人は本当に理解しているのだろうか。

話の流れが凄すぎて、全くついていけない。

「なんでそうなるんですか？　継承権とこんな男を引き換えにするなんて……アーサーさまはこの男に騙されているんです!!」

「こんな男とは失礼な。デリックは俺が知る中で、世界一最高の男だ。それを侮辱するとは、許しておけぬぞ」

「そんな……」

リオンは糸の切れた操り人形のように、ガクンとその場に膝を突いた。

「ボクはアーサーさまの伴侶になるために、これまでずっと血の滲むような努力をしてきました……なのになぜ、そんな男を選ぶのですか？　名前や立場を偽った詐欺師ですよ？　そいつさえ出張ってこなかったら、ボクがアーサーさまの婚約者になれたはずなのに」

恨み言を言い続けるリオンに、アーサーが口を開く。

「たしかにお前を好ましいと思った時期もあった。しかしお前はほかの候補者たちと手を組んで、卑怯にもデリックを追い詰めた。鼠の件はお前の仕業なのだろう？」

ゾッとするような冷たい声で問うアーサー。

それに対して、リオンは何も答えなかった。

「黙っても無駄だ。これまで秘匿《ひとく》としていたことだが、件の侍従はすでに口を割っている。お前はあの侍従に自分の体を好きにさせる代わりに、デリックを陥れるよう指示したそうだな」

「……っ！」

「鼠を殺したのもお前だな。陛下に命じられたとはいえ、人を陥れるためだけに何の罪もない命を粗末にするような素質を持つ男を、俺が伴侶に選ぶとでも思ったか？」

「それは……」

「俺は自ら置かれた立場と先のない未来に絶望し、それを忘れるためにお前たちとの享楽に耽った。肌の温もりと快楽は、一時的とはいえ全てを忘れさせてくれたが、けれど同時にお前たちの中に潜む醜い欲望を感じて、うんざりしていたのもまた事実」

泥沼の中でもがく自分を救ってくれたのがデリックだった……アーサーはそう続けた。

「地位も名誉も求めない。俺を心底案じ、まっすぐな心一つで俺を救い出してくれた。こんな男、どこを探してもほかにはいないだろう」

リオンは何も言わず、ハラハラと涙を零した。

アーサーの言うことは正解だったのかもしれない。候補者たちは伴侶になるという栄光を求めて、アーサーに取り入っていたのだろう。

けれどリオンはそれだけじゃない……泣きはらす彼の姿を見て、なんとなくそんな気がした。

「全てはお前が招いた事態。俺の恩人を、非道な手段で排除しようとしたことは許しておけぬ。金輪際、俺の前に姿を見せるな」

それでも動こうとしないリオンの両脇を、護衛の兵が抱え上げて会議場の外へと連れてこうとした。

「アーサーさま……」

最後にポツリと、リオンが呟く。思わず守ってやりたくなるような、か細い声。けれどアーサーは何も答えようとはせずに、リオンの背中を見つめるばかり。

それはラブバトで、悪役令息ジュリアンが断罪されたシーンを再現しているようで……。

「待ってください！」

リオンを連れていこうとする衛兵に向かって、僕は声の限りに叫んだ。

「デリック？」

アーサーが訝しげに僕を見る。なぜ止める、と言いたげだ。

たしかにリオンは僕を陥れようと、非道な手段に打って出た。そのせいで本来主人公であるはずの彼は断罪され、悪役令息に用意された道を辿ることになってしまったのだ。

何が彼にそうさせたのか。もちろんアーサーに対する愛だということは間違いないけれど、もしかしたら僕がジュリアンの身代わりになったことで、全ての運命が狂ってしまったんじゃ……。

だとしたら。

「全部、僕のせいだ」

僕がそう呟いた瞬間、項垂れていたリオンがバッと頭を上げて僕を振り返った。

「……何を殊勝なことを」

その声はなぜか怒りを湛えていた。

「君のせい？　そんなことあるもんか。アーサーさまがおっしゃっていただろう。全てはぼくが招いた事態だと」

「リオン、僕は」

「煩い！　君はどこまでぼくを虚仮《こけ》にすれば気が済むんだ。同情なんて結構。他人に哀れまれるほど、ぼくは惨めな男じゃない！」

シンと静まり返った議場に、リオンの叫びが響き渡る。

悲痛な声に、僕は言葉を続けることができなかった。

無言で立ち尽くす僕を見たリオンは、ニヤリと嗤って、

「ぼくは焦るあまり、流れを見誤っただけ。君に負けたわけじゃない。そこを勘違いするな」

そう言うと、背筋を正した。

「君程度の男に骨抜きにされた男なんて、ぼくには必要ない。せいぜい二人で生温い幸せに浸っていることだ。ぼくは君なんか足下にも及ばないほどの幸せを掴んでやるから」

そう言い放つ姿はまさに、潔く散る悪の華。

ラブバトのジュリアンが迎えた末路とは全く違い、一種の高潔ささえ漂っている。

胸を張ったリオンが消えていった扉を、僕はいつまでも見つめ続けたのだった。

＊＊＊＊＊

断罪劇はこうして幕を閉じ、僕が婚約者になるかどうかの採決は、また後日行われることに。

議長が閉場を告げた瞬間、アーサーは僕を横抱きにして足早に会場を立ち去った。

向かった先はアーサーの私室。控える従者を全て退室させると、アーサーは改めて僕をきつ

く抱きしめた。

一ヶ月ぶりに受ける、痛いほどの抱擁。けれどその痛みが、これが夢でないことをまざまざと実感させてくれて、僕は涙が出るほど嬉しかった。

「デリック……ずっと待たせてすまなかった。何度も連絡を取ろうとしたのだが、王に邪魔されて何もできなかったんだ」

「アーサーさま……」

「そのうち、会いに行くことすら叶わなくなって」

「だけど、ほかの候補者とは会っていたんですね」

「なぜそれを！」

「リオンが教えてくれたんです。僕がいない間、ほかの候補者たちとイチャイチャしてるって」

ションボリする僕とは対象的にアーサーは怒りをあらわにした。

「くそっ、リオンめ。とんだでまかせを……あれはデリックの冤罪を晴らすために、わざと近づいたんだ」

僕と会えなくなったことで、事態が最悪の方向に進んでいることを察したアーサーは、僕の無実を証明するべく寝食を忘れて奔走していたらしい。

ほかの候補者たちを側に置いたのもそのためで、以前のように甘い言葉を囁けば嘘を暴く手がかりになると考えたのだとか。

その読みは見事的中し、リオン以外の候補者がボロを出し始めたことで突破口を開くことができたと、アーサーは語った。

ちなみに以前のようにとは言っても、人目を憚るような行為は一切行っていないそうだ。

「本当だぞ！　襲われかけたこともあったが、デリックを思って貞操は必死に守りとおしたのだからな！」

あれだけヤリまくって、今さら貞操もクソもないと思うのだけれど、それでもアーサーは何度も真剣に無実を訴え続けた。

これだけ必死に否定しているのだ。彼が言うとおり、本当に何もなかったのだろう。

候補者たちに接触する一方で、アーサーは僕に毎日手紙を書いていたらしいのだけれど、待てど暮らせど僕からの返事はない。

そこで、アーサーは別の手段を用いることにした。

それが夕食のトレイに載っていた、小さなアスターの花だ。

花言葉は『信じてください』。

会えない間も信じて待っていてほしい……そんな願いを託し、僕に贈り続けてくれたのだ。

「ボーモント領の庭で交わした会話を、覚えていてくださったんですね」

「当然だ。デリックと話したことは、全て忘れずに覚えている」

会えないことは身を切るほどに辛かったけれど、でも今こうして一緒にいられることが、素直に嬉しい。

「ところで僕たち兄弟の入れ替わりの件ですが……いつから気づいていたのですか？」

「デリックを追いかけて、ボーモント領に行ったときだ」

あのとき僕ら家族が交わした会話を、やはりアーサーは聞いていたのだという。

「どういうことかと、すぐに問い質そうと思った。事と次第によっては、ボーモント家に厳しい処罰を下さなくては、とも。だがデリックが俺に悪意や下心を持って接したことは一度たりともなかったから、よほどの事情があったのだと思い直して聞くのをやめたのだ」

そして翌日、一人で過ごすことになったアーサーは、ボーモント領で僕ら兄弟に関する聞き込みを行った。そういえばジュリアンの結婚式のとき、領民たちとたくさん会話を交わしたと、アーサーが言っていたのを思いだす。

領民たちからハッキリとした証言は得られなかったけれど、古老たちの話や僕ら家族の会話を総合し、僕がデリックであることを半ば確信していたのだという。

「長い間アーサーさまを謀っていたこと、誠に申し訳ありません……」

「今さら気にするな」

アーサーは僕の髪を一筋掬い上げ、くちづけを落とした。

「候補者として王宮に来たのが、デリックでよかったと思っているのだからな」

「アーサーさま……」

湧き上がる感情を抑えることもできず、僕はアーサーにギュッとしがみついた。

「もう、ずっと一緒にいられるんですよね？」

「ああ。王位を手放すことはできても、デリックと離れるつもりなどない」

「そのことですが……本当にいいのですか？」

「もちろんだ。王にもキッパリと宣言したことだしな」

僕が尖塔で謹慎中に王はアーサーを呼び出して、僕ら兄弟が行った入れ替わりに関する書類を見せ、婚約者を別の者に代えるよう命じたのだという。

真実を知ってショックを受けたアーサーは、僕以外を婚約者に選ぶだろうと王は考えていたようだけれど、前から入れ替わりに気づいていたため平然とそれを拒否。

二人の話は平行線を辿り、一ヶ月もの間続いたのだという。

リオンが言っていたアーサーと王の話し合いとは、このことだったのか。

自分の思い描いたとおりに事態が動かないことに焦れた王は、ボーモント家の罪を全国民に暴露して、僕ら一家を処刑しようとまで考えたらしい。

僕さえいなくなれば、アーサーは愚王の道をひた走ると思っているようだしね。それが一番手っ取り早い解決策だと結論づけたのだろう。

けれどアーサーは自らの王位と引き換えに、僕の罪を赦すよう王に嘆願。

アーサーが次の王にならないのであれば、僕の存在などどうでもいいと考えた王は、それを快諾した。

そして貴族たちが集まる中、あの茶番劇が行われたのだ。

「これでもう、二度と離れずに済む」

「アーサーさま……」

「ずっとずっと、側にいてくれ」

返事をしなくては……そう思っているのに、喉から出るのは嗚咽ばかり。ちっとも言葉にならなかった。

涙を流す僕の髪を優しく撫でるアーサーの目にも、うっすらと涙が浮かんでいる。

見つめ合い、どちらからともなく身を寄せ合う。どんどん近くなる距離。やがて唇が触れ合った。

久方ぶりのくちづけは、涙混じりのしょっぱい味がしたけれど、そんなことなど気にする余裕もない。互いの口内を貪るように熱いくちづけを交わしていると、アーサーが僕を押し倒した。

「今日はデリックを、充分に感じたい……いいか?」

何が、とは聞かなかった。アーサーの気持ちが、手に取るようにわかったから。

そしてそれは、僕も同じだ。

アーサーが欲しい。

彼の全てを受け入れて、僕の全てを感じてほしい。

だから僕は、ゆっくり大きく頷いた。

「デリック……！」

アーサーは再度僕を抱きしめたかと思うと、すぐに身を離して着ていた服を脱ぎ捨てた。

美しい裸体が顕わになる。張りのある逞しい胸筋を間近に見て、ときめきが止まらない。

次いで僕の服を手早く剥《は》ぎ取ったアーサーは、唇を押し当ててきた。相変わらずのキステクに、僕は翻弄されっぱなしで。

これまで散々味わわされてきた口内の刺激も、鎖骨や胸元に降り注ぐキスの嵐も、全てが僕の官能を引き出して、喘ぐ声が抑えられない。

まだ一度も触られていないはずの陰茎はパンパンに膨れ上がり、鈴口からタラタラと透明の蜜を垂れ流している。

それを手のひらに纏わせたアーサーは、そのままゆっくりと扱き始めた。

「あっ、そんなことされたらっ！」

尖塔に篭もっている間は自慰する気すら起きなくて、有り体に言えば溜まっている状態。だからちょっとの触れ合いで、快感が一気に駆け抜けてしまい、すぐにでも達してしまいそうなのに。

だけどアーサーは、僕の言葉を無視して、扱く手を止めようとはしなかった。

蜜で濡れたアーサーの手が上下するたびに、チュコチュコと淫らな水音が鳴り響いて、僕の快感はいっそう高まっていく。ついには腰をカクカク揺らしながら、アーサーにしがみついてしまった。

「駄目っ、それ以上は本当にっ！」

「出したかったら出してもいいんだぞ。夜はまだまだ長いからな。たっぷり愛し合おう」

耳元でそう囁かれた挙げ句、耳朶《みみたぶ》を甘噛みまでされ、僕は呆気ないほど簡単に陥落した。

「あぁあっ!!」

白濁がピュッと吹き上がり、僕の腹を濡らす。

ハァハァと上がる息。快感にブルリと震え、余韻に浸っていた僕の臀部に、アーサーが手を伸ばした。

ゆっくりと割り開かれ、堅い蕾がアーサーの眼前に曝される。

「やっ、恥ずかしい……見ないでっ」

普段は絶対秘められている場所。これまでの触れ合いでも、アーサーがそこを注視したことはない。

それが今、アーサーにマジマジと見られている……その事実が快楽となって、僕の心を揺さぶった。

一度達したはずの陰茎が、ゆっくりと力を取り戻す。

「俺に見られて大きくなるなんて、デリックは恥ずかしいことが好きなのか？」

「そんなこと……！」

だけどアーサーが言うとおり、見られたことで興奮しているのは事実なのだ。

「アーサーさまだって、興奮しているくせに」

硬く立ち上がった巨大なそこを指摘すると、アーサーはニヤリと笑った。

「ああ。愛しいデリックが喘ぐ姿を見続けたのだ。興奮しないほうがおかしいだろう？」

そう言ったアーサーは僕の蕾に舌を這わせた。指よりも柔らかくて熱い舌先の感覚が、僕の脳をジワジワと侵していく。

じっくり時間をかけて、皺の一つ一つを伸ばすように丹念に舐めるアーサー。行為はそれだけで終わらず、蕾が綻《ほころ》びを見せると同時に舌が入り込んできた。

「くぅっ……はぁん……」

浅いところを絶え間なく刺激され、弾む息の合間に小さな喘ぎ声が漏れる。それを楽しむかのように、アーサーも舌を動かし続けた。

「あぁっ……アーサーさまぁっ……」

「どうした、デリック。こうされるのは嫌か？」

そんなことはない。ただこんな場所が、こんなにも感じるなんて思ってもみなかっただけ。気持ちがよすぎて、心も体も溶けてしまいそうだ。

だけど……足りない。

「もっと」

前を擦られたときと同様の、突き抜けるほど強い刺激が欲しい。

「もっと、ください」

めちゃくちゃにしてほしい……僕の頭はそのことでいっぱいだった。

「いっぱい、いかせてぇ……」

僕の懇願にアーサーはゴクリと喉を鳴らして、舌の代わりに指を差し入れた。

トロトロに蕩けた後孔が、ゴツゴツとした長い指をやすやすと飲み込んでいく。

閉ざされた襞肉をこじ開けるように、ゆっくり擦りながら進む指。始めのうちこそ若干の違和感を覚えたものの、指がある一点を掠めた瞬間、雷に打たれたような刺激が走った。

「あぁっ‼」

体を大きく震わせた僕を見たアーサーが「デリックのいいところはここか」と満足げに呟いた。

「いい、ところ……？」

「前立腺だ。聞いたことはないか？」

聞いたことはある。男の中にある性感帯。でもまさか、これほど気持ちいいなんて。

執拗なまでに前立腺を責められた僕は、快楽に喘ぎながら何度も何度も達してしまった。

その間にも指は三本に増え、グポグポと恥ずかしい音を立て着実に孔を広げている。苦痛などは一切なく、とにかく気持ちよすぎて、どうにかなってしまいそうだ。

「アーサーさまっ、もうやだ、入れてっ……！」

「なぜだ？　もっと慣らさないと、後で辛くなるのはデリックのほうだぞ？」

そりゃあ僕だって、事後にお尻が痛くなるのは嫌だけど、でももう、これ以上我慢なんてできない。

「……で、イきたい」

「ん？」

「指だけじゃやだ！　アーサーさまが欲しいんです!!」

僕の言葉にふ――っと深い息を吐いたアーサーは、一気に指を引き抜いた。

「あぅっ！」

思わぬ刺激に甘イキしてしまった。快感が治まらず、フルフル打ち震える僕の両足を抱え上げたアーサーは、開ききった蕾に剛直をヒタリと当てた。

「随分と、煽ってくれるな」

言うなりグッと腰を沈めて、ゆっくりと僕の中に押し入ってきた。

エラの張ったカリを受け入れ、孔が目いっぱい広がっていくのがわかる。あれほど解され、蕩かされた蕾がピリピリと小さな痛みを訴え、僕はヒュッと息を呑んだ。

指三本なんて、まだまだ序の口。アーサーの剛直は、見た目以上に大きすぎたのだ。

「やぁっ、アーサーさまぁっ！」

「どうした？　痛むのか？」

心配そうな目で見つめるアーサーに、コクコクと何度も首肯しながら、

「だって、大きすぎるからっ！」

と訴えると、アーサーは突然真顔になった。

「デリック」

低い声で僕の名を呼ぶアーサー。なんだか少し、悪い予感がする。

「は、はい……」

「あまり煽るんじゃない！」

それまでゆっくりと進んでいたアーサーが、一気に腰を動かした。

「―――――っ!!」

一気に奥まで穿たれて、激しい痛みと圧迫感が僕を襲う。目の前がチカチカと明滅し、もはや声すら出ない。

「デリック、大丈夫か？」

アーサーの声でハッとする。どうやら一瞬、気を失っていたようだ。

「な、なんとか……」

だけど本当は、ちっとも大丈夫じゃなかった。腹の中で存在感を顕わにする剛直が、苦しくて堪らない。

ふぅふぅと息を吐く僕の頬を、アーサーは気遣わしげに撫でてくれた。

「すまない。我慢できなくて、つい……」

ショボンと眉を下げるアーサーがやけにかわいらしく見えて、苦しさを一瞬忘れた僕は頬に触れる彼の手に自分の手を重ねた。

「謝らないで……僕は今、凄く幸せなんです」

「デリック……」

アーサーに伝えた言葉は嘘ではない。

この痛みも圧迫感も、アーサーの全てを感じることができたと実感して、幸せな気持ちで満たされる。

「ね……アーサーさま……」

動いて、という思いを乗せた目で、彼を見つめる。

アーサーだって、今すぐにでも動きたいに違いない。それが証拠に剛直がピクピク蠢いて、僕をたっぷり味わいたいと訴えている。

けれどアーサーは僕を気遣って、ジッと耐えているのだ。それがどれだけ辛いことか、同じ男である僕には手に取るようにわかる。

「我慢しないで……」

ニッコリ微笑むと、アーサーは空気の抜けた風船みたいにプシューッと僕の上に倒れ込んできた。

「……煽るなと言っているだろう」

「だって……僕も、欲しいから」

時間の経過と共に痛みと苦しさが徐々に薄れて、圧迫感もさほどではなくなってきた。今ならきっと、アーサーの剛直を奥まで余すところなく受け止められるだけの余裕もあるはず。

「もう動いても、大丈夫です」

言いながら、長大な雄を鼓舞するように下腹に力を込める。アーサーはクッと眉間に皺を寄せると「降参だ」と笑った。

「デリック……俺の最愛。もう二度と離すものか」

アーサーは僕の手を握りしめ、触れるだけのキスをした。啄むように唇を何度も重ねながら、指を絡ませ合う。

「動くぞ」

アーサーの腰が、ゆらりと揺れる。僕を気遣うような、静かで優しい動き。ささやかな刺激が僕を官能の渦に誘っていく。

「あっ……はぁっ……」

熱い吐息が漏れる。

「苦しくないか？」

「大丈夫……それよりも……気持ちぃぃ……」

繋がった部分から、甘い痺れが全身に広がっていく。

好きな人と一つになるって、こんなにも幸せで気持ちいいことだったんだ。

感動が胸を締めつける。

アーサーの腰が徐々に速度を上げ、中を抉《えぐ》るように突き上げた。

パンパンと肉のぶつかり合う音と二人の荒い息遣い。

我を忘れて快楽に溺れた僕は、アーサーの手を強く握りしめながら嬌声を上げ続けるばかり。

荒々しいほどの情熱に翻弄されて、あっという間に高みに上り詰めた。

「ひっ、ああっ、もぉイくっ、イっちゃうっ！」

「いいぞ、イっても。俺も……」

悩ましい声で囁きながら、アーサーはさらに激しく腰を振りたくった。彼もまた、限界が近いのだろう。

「あっ……………あぁぁぁぁっ!!」

体の奥で凝《こご》った熱が、一気にはじけ飛ぶ。僕の屹立から、白濁がドプリと吹き上がる。遅れること数秒。ウッと呻いたアーサーの体が、ビクッと大きく痙攣した。彼もまた、達したのだ

ろう。

——あぁ……本当に、幸せだなぁ……。

アーサーが齎した熱を腹の奥で感じながら、僕はゆっくりと意識を失ったのだった。

◇エピローグ

あれから一年。

純白の衣裳を身に纏った僕は、アーサーの訪れを今か今かと待っていた。

今日は僕らの結婚式。

二人はこれから神の御前で永遠の愛を誓うことになっているのだけれど……肝心のアーサーがまだやってこないのだ。

「義兄上はまだ仕事が終わらないいんでしょうか」

僕よりもイライラした様子で、ジュリアンが呟いた。

「お忙しい方だから、しょうがないよ」

アーサーをフォローするも、それで納得するジュリアンではなかった。

「いくら国王陛下だからといって、自分の結婚式直前まで仕事に没頭する男がどこにいるというんです！」

兄さまを蔑ろにしている!!　と憤るジュリアンを宥めながら、僕はこの一年間のあれこれを思い出していた。

断罪劇の後、アーサーは宣言どおり王位継承権を放棄した。

ついでに王族からも離籍し、王家が持つ直轄地の中でも一番小さな土地を拝領して、子爵位を戴くことも決まったのだ。

王太子でなくなった以上、候補者選抜など行う必要がないとのことで、僕を含めた候補者たちは全員解散。この中から誰かを選んで結婚するもよし、全く別の人間を選んでもいい。一切関知しないから、あとはお前の好きにしろ……と、王に言われたらしい。

僕の手を取ったアーサーは、すぐさま二人でボーモント領へと飛んだ。

結婚の許可を得るためだ。

事の次第を聞いた両親は真っ青になってアーサーに謝罪したが、そんなことよりデリックと結婚させてくれ！　と息巻くアーサーの迫力に押され、無事に結婚が決まったのである。

その後、僕らはすぐに結婚し……となるはずが。

僕らの新たな人生は、思わぬ横やりが入ったことで、進路を大きく変えることとなる。

断罪劇の一部始終を見守っていた貴族たちから、王の廃位を望む声が出たのだ。

そもそもアーサーの処遇に関して、思うところがある貴族は少なくなかった。加えて王が政治よりもパーティーを優先したり、自分に追従する家臣だけを重用するなど、まぁいろいろあったようで。

大多数の貴族が王に不満を持っていたものの、王太子であるアーサーもまた愚者の行いをするばかり。貴族たちは不満を抱え続けたまま、時を過ごすしかなかったのだ。

そんな中行われた断罪劇。

アーサーの愚行の理由が、複雑な生い立ちと不安定な己の立場への絶望から来ていたこと初めてを知った貴族たち。

王に毅然と立ち向かうアーサーの姿は、賢君とまで言われた先王を彷彿とさせるものだったらしく、心を揺り動かされた者が続出したらしい。

さらには王が候補者の令息たちを操って、僕を追い落とそうとしていたことも発覚。これにより王の退位を望む声は、日に日に高まっていったのである。

事態の収拾を図ろうと目論んだ王は、軍を用いて力でねじ伏せようとしたのだけれど、結局は失敗に終わったうえに、アーサーを次期王にと望む一派によって逆に拘束されたのである。

王の進退は議会にかけられて、圧倒的大多数で退位が決定。最果てにある王侯貴族専用の牢獄で、一生を過ごすこととなったのだった。

そして空位となった玉座に望まれたのは、もちろんアーサーだったわけだけれど。

「断る」

アーサーはその要請を、秒で断った。

「俺は王位など興味がない。そんなものより、デリックとの新生活のほうが大事に決まっている」

そう言い放ち、やってきた使者を唖然とさせた。

断固拒否の構えを崩さないアーサーと、そんな彼をなんとか王位に就けたい貴族たちの間で、すったもんだの一騒動が巻き起こったものの、結局はアーサーが新王になることが決まったのである。

ただし、条件付きで。

それはアーサーの在位を十年とし、アーサーの次の王は従兄弟——つまり前王の息子にするというものだった。

「条件が以前と全く一緒だと思うんですけれど」

たった十年の間に何ができると訴えていたアーサーだっただけに、その条件を聞いて僕は驚きが隠せない。

けれどアーサーは「同じように思えて、実はまるで違う」と笑った。

アーサーが王として推進した事業は、次期王も継続して行うこと。

そのために彼を、今から積極的に政治に関わらせること。

十年経ったらアーサーは完全に引退するので、それを絶対に引き留めないこと。

側室や寵姫は不要。僕だけを伴侶とし、世継ぎを儲けるよう要求しないこと。

この条件が呑めなければ、王位には就かないと宣言したのだとか。

「それにしたって、ちょっと無茶じゃ……」

「何が無茶なものか。第一、先王の処遇を巡ってあれこれ動いたのは議会であって、その気が全くない俺に王位を押しつけること自体が間違っているのだ」

「それはそうかもしれませんけれど……」

議会は結局、渋々ながらもこれを承認。あまりに空位が長ければ、諸外国に目をつけられる恐れが出てくるからだ。王不在の国を占領して、属国にしようと企む国が出たらまずいものね。

戴冠式が急遽行われ、アーサーは新王として即位。そして僕はアーサーの婚約者として、お披露目されたのである。

王になったアーサーがまず行ったことは、先王時代にのさばっていた奸臣を一掃することだった。

王に阿《おもね》って甘い汁をたんまり吸っていた大臣たちを更迭《こうてつ》し、新体制を整えたまではよかったけれど、蓋を開けてみたら問題が山積しすぎて、何から手をつけていいかわからない状態だったのだ。

そのためアーサーは寝る間も惜しんで仕事に追われるはめになり、結婚式直前になってもまだ現れないというわけである。

「国のために頑張っていらっしゃるんだ。文句を言っちゃいけないよ」

「臣下としては、陛下が頑張るお姿に感激するところですが、新夫の弟としての立場で言わせていただくと、義兄上は間違ってます！」

それにっ！　と言ってジュリアンは、僕をギッと睨みつけた。

「兄さまのそういう態度も悪いと思いますよ。義兄上のやることなすこと、なんでも全部許しちゃ駄目ですよ？」

「全部だなんて、そんなことはしてないよ……多分」

小さく反論した僕に、ジュリアンは疑いの目を向けるばかり。

「全然信用できません。普段からこんな感じじゃ、ますます心配になっちゃうなぁ」

「何が？」

「閨《ねや》の中のことですよ。兄さまが従順なのをいいことに、義兄上は好き勝手にヤってるんじゃないですか？」

ジュリアンの言葉に、ブフォッと盛大に吹き出した。
ヤ、ヤってって……僕のかわいいスイートエンジェルの口から、そんな言葉が出るなんてっ！
僕の動揺を無視したジュリアンは、さらに言葉を重ねてきた。

「以前聞いた噂によると、義兄上はテクニシャンだけれど、やや強引な行為がお好きみたいですね。兄さまは大丈夫でしたか？　痛かったり傷ついたりはしませんでしたか？」

「そんなことはなかったから！」

「だったらいいんですけれど……ボクたちのときは大量出血の大惨事でしたから、兄さまもそんな目に遭ってないかと心配してたんですよ」

「えっ」

ジュリアンが、大量出血の大惨事!?

「ちょっとそれ、どういうこと？」

「ボクらは処女童貞同士でしたから、初めてのときは加減も勝手もわからなくて。それで結局血まみれ状態。傷が直るまでトイレが大変だったって、ロジャーが」

んっ？

僕は今、何だか妙なことを言われた気がする。

「ちょっと待って。血まみれって、ロジャーが？」

「そうですよ」

「ジュリアンではなく？」

「入れる側のボクが、血まみれになるわけないじゃないですか」

何を当たり前のことを……といった顔をするジュリアン。

え、ってことは、ジュリアンは受けじゃなくて攻めだったたっていうわけ!?

でもラブバトではアーサーに組み敷かれていたよね。

もしかしてラブバトのジュリアンは、アーサーの愛を手にしたいがために本来の性癖を押し殺して、イヤイヤ受け入れていたとか？

だからエロスチルがどれも、苦痛に歪んだ顔をしていたのか……。

今さらながらに発覚した真実に、僕は呆然とした。

「兄さま、どうしたんですか？」

急に黙り込んだ僕を、ジュリアンが心配そうに覗き込む。

「ううん、なんでもないよ」

僕のラブリージュリアンが、実は攻めだったことにショックを受けていたなんて、口が裂けても言えない。

「アーサーさま、遅いなって思って」

誤魔化しを兼ねて適当なことを口にしたとき、部屋の外が急に騒がしくなった。

「もしかして、義兄上じゃないですか？」

弾むようなジュリアンの声に、心臓がトクリと跳ねた。

ほどなくして扉の外から現れたのは。

「デリック」

軍服に似た黒い正装姿に、豪奢なマントを纏ったアーサーだった。

「アーサーさま！」

思わず駆け寄って抱きつくと、アーサーは笑顔で僕を抱きしめてくれた。

「待たせてすまなかった」

「いいえ、僕はちっとも……」

「本当に、待ちくたびれましたよ！」

僕の言葉に被せるように、ジュリアンが口を挟む。

「もう少し遅れたら、式を中止にして領地に帰るところでした」

プリプリと文句を漏らすジュリアン。

え、ちょっと。僕、そんなこと考えてないから！

ジュリアンの不敬で無礼な言動に焦る僕だったけれど、アーサーは咎めることをしなかった。

ハハハと笑うと「ジュリアンは相変わらず、兄命なのだな」と朗らかに言った。

「当然です。兄さまほど素晴らしい方は、世界中どこを探したって見つかりっこないのですから」

「同感だ」

「そんな兄さまの弟に生まれて、ボクは世界一の幸せ者です」

「なんだと？　世界一幸せなのは、デリックと結婚する俺だ」

「いいえ、ボクです」

「俺だと言っているだろうが」

この二人は事あるごとに、こういった言い合いをするのだ。ブラコンを拗らせた弟が二人できたみたいで嬉しいような、なんだかちょっと複雑な気分。

その後、入室してきた両親に窘められて、小さな口論は終了。

「ほらほら、ジュリアンも参列者席に行きましょう。ロジャーが待っているわよ」

「はぁい。じゃあ兄さま、式場で待っていますね」

「うん。ジュリアン、今日は本当にありがとう」

ジュリアンはパチリとウインクをすると、笑顔で式場に向かっていった。

両親もジュリアンの後に続き、控え室には僕とアーサーだけが残された。

「じゃあ僕たちもそろそろ行きましょうか」

右手を差し出して促したのだが、アーサーはなぜか動こうとしない。

「どうしたんですか？」

何やら難しそうな顔をしているアーサー。体調でも崩したんだろうか。

心配しかけたそのとき。

「俺のほうが幸せだからな」

アーサーがポツリと呟いた。

「へっ？」

「ジュリアンよりも、俺のほうが百倍幸せなんだからな！」

顔を真っ赤にして激昂するアーサー。あ、その話、まだ引きずってたんだ……。

予想外の発言に、僕はポカンと口を開けてアーサーを凝視した。

「デリックと共に過ごした時間は、ジュリアンのほうが長かろう。だがな、濃密さで言えば俺のほうが断然優れている！」

「あー、うん、そうですね」

「俺たちはあれほどの事件を乗り越えてきたんだ。その分、幸福度合いだって俺のほうが勝っていると思わないか？」

「えっと、多分そうかなと」

「なんだ、さっきから気の抜けた返事ばかりして！　デリックはジュリアンのほうが幸せだって思っているのか？」

「いいえ、そうではありません。ただあまりにも、くだらないことで張り合ってるなぁって」

「くだらないとはなんだ。俺たちにとっては最重要案件なんだぞ」

「こんなことごときで最重要なんて言葉を使わないでください。それに、今までどちらが幸せだったかなんて、どうでもいいことじゃありませんか」

「どうでもいいとは何事だ！」

「だってそうじゃないですか。重要なのは過去じゃなく、これから先の未来でしょう？」

ムッとした顔を崩さないアーサーの耳元に顔を寄せ、吐息混じりに囁きかける。

「僕が一生を懸けて、アーサーさまを幸せにして差し上げます。これからはずっと、アーサーさまの一人勝ちですよ」

止めとばかりにフッと耳に息をかけると、アーサーは真っ赤な顔をして黙りこくった。嬉しくて堪らない、そんな顔をしている。

「さぁ、そろそろまいりましょうか」

再び手を差し出すと、アーサーは素直に手を重ねてくれた。

「俺も、デリックを幸せにするからな」

ポツリと呟いたアーサーに、思わず破顔する。

「そうですね。これからは二人で幸せになるんです！」


幸せに浸りきっていた僕は知らなかった。

このとき僕が浮かべた笑顔が、ラブバトでなかなか出現しなかった最後のスチルに、実はそっくりだったということに。

純白の衣裳を纏ったジュリアンが、はち切れんばかりの微笑みを浮かべている――それこそが前世の〝俺〟が見たいと渇望したスチルの正体だったのだ。

ゲーム序盤からアーサーの好感度を一度も上げることなく、最悪の状態でエンディングを迎えたとき限定で現れる、幻の一枚。

塩対応で無表情のジュリアンが、ゲームの中で唯一見せた最高の笑顔。

最愛のアーサーと添うことができたジュリアンの、喜びに満ち溢れたスチルと同じ笑顔を、僕はアーサーに向けていたのだ。

けれど当然、僕がそのことを知るはずもなく——。

至上の幸福を胸に笑顔のアーサーと二人、新しい未来に向かって歩みを進めたのだった。

あとがき

清白《すずしろ》妙《たえ》です。本書をお読みいただき、ありがとうございます。

私は普段Ｗｅｂ小説投稿サイトのムーンライトノベルズで活動しており、本作は相棒のＴＬ作家、砂月美乃《さづきみの》さんとの共催企画ユニット〝みのたえ〟で二〇二〇年に開催した『身代わりアンソロ』用参加作品として書き進めたものとなります。

……とここまで読んで、あれっ？　と思われた方もおられるのではないでしょうか。

実は私のＢＬ初書籍も、みのたえアンソロ参加作品だったりします。その際に書いたあとがきでも、冒頭で同じようなことを述べていたのです。

まさかまた、あとがきで同じような説明をすることになろうとは……感無量。

内容に関しまして、流れはＷｅｂ版とほぼ変わりませんが、プロローグとエピローグを書き下ろし、ムーン投稿時に時間的な問題でカットしていたシーンを全て追加した完全版。投稿時はもちろん、書籍版に改稿する際も大変楽しく、アーサーとデリックの恋を書き進めました。

満足のいく出来映えに、内容充実＆さらにパワーアップしたと、悦に入っております（笑）

書籍化にあたりご尽力くださった担当Ｔさま。ＬＩＮＥでいつも変なスタンプばかり送って申し訳ありません。本当に楽しくお仕事させていただけたこと、大変感謝しております。

そしてイラストを担当してくださった明神翼《みょうじんつばさ》先生、相棒の砂月さん、私の心の師匠鳩村衣《はとむらい》杏《あん》先生、Ｗｅｂで本作を応援してくださったムーン読者の皆さま、私の創作活動を邪魔せず静かに見守ってくれる夫&息子、そしてこの本をお手にとってくださったあなたに、心からの感謝を。

清白　妙

Cocktail Kiss Label

カクテルキス文庫をお買い上げいただきありがとうございます。
先生方へのファンレター、ご感想は
カクテルキス文庫編集部へお送りください。

〒102-0073 東京都千代田区九段北3-2-5 5F
株式会社Jパブリッシング カクテルキス文庫編集部
「清白 妙先生」係 ／「明神 翼先生」係

◆カクテルキス文庫HP◆ https://www.j-publishing.co.jp/cocktailkiss/

転生悪役令息ですが、王太子殿下からの溺愛ルートに入りました

2023年4月30日 初版発行

著 者 清白 妙
©Tae Suzushiro

発行人 藤居幸嗣

発行所 株式会社Jパブリッシング
〒102-0073 東京都千代田区九段北3-2-5 5F
TEL 03-3288-7907
FAX 03-3288-7880

印刷所 中央精版印刷株式会社

ISBN978-4-86669-564-8 Printed in JAPAN